NOUVEAU THEATRE ITALIEN.

LA DOUBLE
INCONSTANCE.

COMEDIE
EN TROIS ACTES.

Repréſentée pour la premiere fois par les
Comédiens Italiens du Roy,
le 6. Avril 1723.

A PARIS,

Chez BRIASSON, rue S. Jacques,
à la Science.

A MADAME
LA MARQUISE
DE PRIE,

MADAME,

On ne verra point ici ce tas d'élo-
ges dont les Epîtres dédicatoires sont
ordinairement chargés ; a quoi ser-
vent-ils ? Le peu de cas que le public
en fait devroit en corriger ceux qui
les donnent, & en dégoûter ceux qui
les reçoivent. Je serois pourtant bien
tenté de vous louer d'une chose,
MADAME; & c'est d'avoir
véritablement craint que je ne vous
louasse; mais ce seul éloge que je vous
donnerois, il est si distingué, qu'il auroit ici tout l'air d'un présent de fla-
teur, sur tout s'adressant à une Dame
de votre âge, à qui la nature n'a rien
épargné de tout ce qui peut inviter

EPISTRE.

l'amour propre à n'être point modeste. J'en reviens donc MADAME,
au seul motif que j'ai en vous offrant
ce petit ouvrage; c'est de vous remer-
cier du plaisir que vous y avez pris,
ou plutôt de la vanité que vous m'a-
vez donnée, quand vous m'avez dit
qu'il vous avoit plû. Vous dirai je
tout ? Je suis charmé d'apprendre à
toutes les personnes de goût, qu'il a
votre suffrage ; en vous disant cela,
je vous proteste que je n'ai nul dessein de louer votre esprit ; c'est seulement vous avouer que je pense aux
intéréts du mien. Je suis avec un pro-
fond respect,

   MADAME,

              Votre très-humble & très-
                obéissant Serviteur,
              D. M.

LISTE

Des Piéces de Théâtre de Monsieur DE MARIVAUX,

Pour le Théâtre Italien.

Arlequin poli par l'Amour, Comédie.
La Surprise de l'Amour, Comédie.
La Double Inconstance, Comédie.
Le Prince travesti, Comédie.
La Fausse Suivante, Comédie.
L'Isle des Esclaves, Comédie.
L'Héritier de Village, Comédie.
Le Jeu de l'Amour & du Hazard, Com.

On trouvera toutes ces Piéces chez le Libraire qui débite cette Comédie, chez qui l'on trouve aussi le *Nouveau Théâtre Italien*, dix Vol. *in-*12. & les *Parodies*, quatre Vol. *in-*12. & plusieurs autres Recueils de Théâtre.

ACTEURS.

LE PRINCE.

UN SEIGNEUR.

FLAMINIA.

LISETTE.

SILVIA.

ARLEQUIN.

TRIVELIN.

DES LAQUAIS.

DES FILLES DE CHAMBRE.

La Scène est dans le Palais du Prince.

LA DOUBLE
INCONSTANCE,
COMEDIE.

✳✳✳✳✳✳✳✳✳✳✳✳✳✳✳✳✳✳✳✳✳✳✳✳

ACTE PREMIER

SCENE I.

SILVIA, TRIVELIN, & *quelques femmes à la suite de Silvia.*

SILVIA *paroît sortir comme fâchée.*

TRIVELIN.

Ais, Madame, écoutez-moi.

SILVIA.

Vous m'ennuyez.

TRIVELIN.

Ne faut-il pas être raisonnable ?

SILVIA *impatiente.*

Non, il ne faut pas l'être, & je ne la ferai point.

A iiij

TRIVELIN.

Cependant....

SILVIA *avec colere.*

Cependant je ne veux point avoir de raifon ; & quand vous recommenceriez cinquante fois votre cependant, je n'en veux point avoir : que ferez-vous-là ?

TRIVELIN.

Vous avez foupé hier fi légerement, que vous ferez malade, fi vous ne prenez rien ce matin.

SILVIA.

Et moi je hais la fanté & je fuis bien aife d'être malade ; ainfi vous n'avez qu'à renvoyer tout ce qu'on m'apporte, car je ne veux aujourd'hui ni déjeûner, ni dî-ner, ni foûper, demain la même chofe ; je ne veux qu'être fâchée, vous haïr tous tant que vous êtes, jufqu'à tant que j'aye vû Arlequin, dont on m'a féparée : voilà mes petites réfolutions, & fi vous voulez que je devienne folle, vous n'avez qu'à me prêcher d'être plus raifonnable, cela fera bien-tôt fait.

TRIVELIN.

Ma foi, je ne m'y jouerai pas, je vois bien que vous me tiendriez parole ; fi j'o-fois cependant...

SILVIA *plus en colere.*

Eh bien ne voilà-t-il pas encore un cependant?

TRIVELIN.

En vérité, je vous demande pardon, celui-là m'eſt échapé, mais je n'en dirai plus, je me corrigerai, je vous prierai ſeulement de conſidérer....

SILVIA.

Oh vous ne vous corrigez pas, voilà des conſidérations qui ne me conviennent point non plus

TRIVELIN *continuant*.

Que c'eſt votre Souverain qui vous aime.

SILVIA.

Je ne l'empêche pas, il eſt le maître : mais faut-il que je l'aime moi ? non, & il ne le faut pas, parce que je ne le puis pas, cela va tout ſeul, un enfant le verroit, & vous ne le voyez pas.

TRIVELIN.

Songez que c'eſt ſur vous qu'il fait tomber le choix qu'il doit faire d'une épouſe entre ſes ſujettes.

SILVIA.

Qui eſt-ce qui lui a dit de me choiſir ? M'a-t-il demandé mon avis ? S'il m'avoit dit : me voulez-vous, Silvia ? Je lui aurois répondu : non, Seigneur, il faut qu'une honnête femme aime ſon mari, & je ne pourrois pas vous aimer. Voilà la pure raiſon cela ; mais point du tout, il

m'aime, crac, il m'enleve, sans me demander si je le trouverai bon.

TRIVELIN.

Il ne vous enleve que pour vous donner la main.

SILVIA.

Eh! que veut-il que je fasse de cette
main, si je n'ai pas envie d'avancer la
mienne pour la prendre? Force-t-on les
gens à recevoir des présens malgré eux?

TRIVELIN.

Voyez depuis deux jours que vous êtes
ici, comment il vous traite; n'êtes-vous
pas déja servie comme si vous étiez sa
femme? Voyez les honneurs qu'il vous
fait rendre, le nombre de femmes qui
font à votre suite, les amusemens qu'on
tâche de vous procurer par ses ordres.
Qu'est-ce qu'Arlequin au prix d'un Prince plein d'égards, qui ne veut pas même
se montrer qu'on ne vous ait disposée à
le voir? d'un Prince jeune, aimable &
rempli d'amour, car vous le trouverez
tel? Eh! Madame, ouvrez les yeux,
voyez votre fortune, & profitez de ses
faveurs?

SILVIA.

Dites-moi, vous & toutes celles qui
me parlent, vous a-t-on mis avec moi,
vous a-t-on payez pour m'impatienter;

pour me tenir des discours qui n'ont pas
le sens commun, qui me font pitié ?

TRIVELIN.

Oh parbleu, je n'en sçai pas davantage ;
voilà tout l'esprit que j'ai.

SILVIA.

Sur ce pied-là vous seriez tout aussi
avancé de n'en point avoir du tout.

TRIVELIN.

Mais encore, daignez, s'il vous plaît,
me dire en quoi je me trompe.

SILVIA *en se tournant vivement de son côté.*

Oui, je vais vous le dire en quoi, oui...

TRIVELIN.

Eh ! doucement, Madame, mon dessein
n'est pas de vous fâcher.

SILVIA.

Vous êtes donc bien mal-adroit.

TRIVELIN.

Je suis votre serviteur.

SILVIA.

Eh bien, mon serviteur, qui me vantez
tant les honneurs que j'ai ici, qu'ai-je affaire de ces quatre ou cinq fainéantes qui
m'espionnent toujours ? On m'ôte mon
amant & on me rend des femmes à la place ; ne voilà-t-il pas un beau dédommage-
ment ? & on veut que je sois heureuse
avec cela ? Que m'importe toute cette

muſique, ces concerts & cette danſe dont
on croit me regaler ? Arlequin chantoit
mieux que tout cela, & j'aime mieux danſer moi-même, que de voir danſer les autres, entendez - vous ? Une Bourgeoiſe
contente dans un petit village vaut mieux
qu'une Princeſſe qui pleure dans un bel
appartement. Si le Prince eſt ſi tendre,
ce n'eſt pas ma faute, je n'ai pas été le
chercher ; pourquoi m'a-t-il vûe ? S'il eſt
jeune & aimable, tant mieux pour lui;
j'en ſuis bien aiſe, qu'il garde tout cela,
pour ſes pareils, & qu'il me laiſſe mon
pauvre Arlequin, qui n'eſt pas plus gros
Monſieur que je ſuis groſſe Dame, pas
plus riche que moi, pas plus glorieux que
moi, pas mieux logé, qui m'aime ſans
façon, que j'aime de même, & que je
mourrai de chagrin de ne pas voir. Hélas,
le pauvre enfant ! qu'en aura-t-on fait ?
qu'eſt-il devenu ? Il ſe déſeſpere quelque
part, j'en ſuis ſûre, car il a le cœur ſi
bon ; peut-être auſſi qu'on le maltraite...

Elle ſe dérange de ſa place.

Je ſuis outrée ; tenez, voulez-vous me
faire un plaiſir ? ôtez-vous de-là, je ne
puis vous ſouffrir, laiſſez-moi m'affliger
en repos.

TRIVELIN.

Le compliment eſt court, mais il eſt net ;
tranquillifez-vous pourtant, Madame.

SILVIA.

Sortez fans me répondre, cela vaudra mieux.

TRIVELIN.

Encore une fois, calmez-vous, vous voulez Arlequin, il viendra inceffamment, on eft allé le chercher.

SILVIA *avec un foupir.*

Je le verrai donc ?

TRIVELIN.

Et vous lui parlerez auffi.

SILVIA *s'en allant.*

Je vais l'attendre : mais fi vous me trompez, je ne veux plus ni voir ni entendre perfonne.

Pendant qu'elle fort, le Prince & Flaminia entrent d'un autre côté, & la regardent fortir.

SCENE II.

LE PRINCE, FLAMINIA, TRIVELIN.

LE PRINCE *à Trivelin.*

EH bien, as-tu quelque efpérance à me donner ? que dit-elle ?

TRIVELIN.

Ce qu'elle dit, Seigneur, ma foi ce n'eft pas la peine de le répéter, il n'y a rien encore qui mérite votre curiofité.

Le Prince.

N'importe, dis toujours.

Trivelin.

Eh non, Seigneur, ce font de petites bagatelles dont le récit vous ennuyeroit; tendreffe pour Arlequin, impatience de le rejoindre, nulle envie de vous connoître, défir violent de ne vous point voir, & force haine pour nous; voilà l'abregé de fes difpofitions, vous voyez bien que cela n'eft point réjoüiffant; & franchement, fi j'ofois dire ma penfée; le meilleur feroit de la remettre où on l'a prife.

Le Prince rêve triftement.

Flaminia.

J'ai déja dit la même chofe au Prince; mais cela eft inutile; ainfi continuons, & ne fongeons qu'à détruire l'amour de Silvia pour Arlequin.

Trivelin.

Mon fentiment à moi eft qu'il y a quelque chofe d'extraordinaire dans cette fille-là; refufer ce qu'elle refufe! cela n'eft point naturel, ce n'eft point là une femme, voyez-vous, c'eft quelque créature d'une efpece à nous inconnue; avec une femme nous irions notre train, celle-ci nous arrête, cela nous avertit d'un prodige, n'allons pas plus loin.

LE PRINCE.

Et c'eſt ce prodige qui augmente encore l'amour que j'ai conçu pour elle.

FLAMINIA *en riant.*

Eh, Seigneur, ne l'écoutez pas avec
ſon prodige, cela eſt bon dans un conte
de Fée, je connois mon ſexe, il n'a rien
de prodigieux que ſa coquetterie. Du côté
de l'ambition, Silvia n'eſt point en priſe,
mais elle a un cœur, & par conſéquent
de la vanité ; avec cela, je ſçaurai bien la
ranger à ſon devoir de femme. Eſt-on allé
chercher Arlequin ?

TRIVELIN.

Oüi, je l'attends.

LE PRINCE *d'un air inquiet.*

Je vous avoue, Flaminia, que nous
riſquons beaucoup à lui montrer ſon
amant, ſa tendreſſe pour lui n'en devien-
dra que plus forte.

TRIVELIN.

Oüi ; mais ſi elle ne le voit, l'eſprit lui
tournera, j'en ai ſa parole.

FLAMINIA.

Seigneur, je vous ai déja dit qu'Arlequin nous étoit néceſſaire.

LE PRINCE.

Oüi, qu'on l'arrête autant qu'on pourra, vous pouvez lui promettre que je le
comblerai de biens & de faveurs, s'il

veut en épouſer une autre que ſa maîtreſſe.

TRIVELIN.

Il n'y a qu'à réduire ce drôle-là , s'il ne
veut pas.

LE PRINCE.

Non, la loi qui veut que j'épouſe une
de mes ſujettes , me défend d'uſer de violence contre qui que ce ſoit.

FLAMINIA.

Vous avez raiſon , ſoyez tranquille, j'eſ-
pere que tout ſe fera à l'amiable ; Silvia
vous connoît déja ſans ſçavoir que vous
êtes le Prince, n'eſt-il pas vrai ?

LE PRINCE.

Je vous ai dit qu'un jour à la chaſſe ;
écarté de ma troupe , je la rencontrai près
de ſa maiſon ; j'avois ſoif, elle alla me
chercher à boire : je fus enchanté de ſa
beauté & de ſa ſimplicité , & je lui en fis
l'aveu. Je l'ai vû cinq ou ſix fois de la
même maniere , comme ſimple Officier
du Palais : mais quoiqu'elle m'ait traité
avec beaucoup de douceur , je n'ai jamais
pû la faire renoncer à Arlequin , qui m'a
ſurpris deux fois avec elle.

FLAMINIA.

Il faudra mettre à profit l'ignorance où
elle eſt de votre rang ; on l'a déja préve-
nue que vous ne la verriez pas ſitôt , je me
charge

charge du reste, pourvû que vous vouliez
bien agir comme je voudrai.

LE PRINCE.

J'y consens. Si vous m'acquerez le cœur
de Silvia, il n'est rien que vous ne deviez
attendre de ma reconnoissance. *Il sort.*

FLAMINIA.

Toi, Trivelin, va-t'en dire à ma sœur
qu'elle tarde trop à venir.

TRIVELIN.

Il n'est pas besoin, la voilà qui entre ;
adieu, je vais au-devant d'Arlequin.

SCENE III.

LISETTE, FLAMINIA.

LISETTE.

JE viens recevoir tes ordres, que me
veux-tu ?

FLAMINIA.

Approche un peu, que je te regarde.

LISETTE.

Tiens, vois à ton aise.

FLAMINIA *après l'avoir regardée.*

Ouida, tu es jolie aujourd'hui.

LISETTE *en riant.*

Je le sçais bien : mais qu'est-ce que cela
te fait ?

La double Inconstance.   B

FLAMINIA.

Otes cette mouche galante que tu as-là.

LISETTE *refusant.*

Je ne sçaurois, mon miroir me l'a recommandée.

FLAMINIA.

Il le faut, te dis-je.

LISETTE *en tirant sa boëte à miroir & ôtant la mouche.*

Quel meurtre ! Pourquoi persecutes-tu ma mouche ?

FLAMINIA.

J'ai mes raisons pour cela. Or ça, Lisette, tu es grande & bien faite.

LISETTE.

C'est le sentiment de bien des gens.

FLAMINIA.

Tu aimes à plaire ?

LISETTE.

C'est mon foible.

FLAMINIA.

Sçaurois-tu avec une adresse naïve & modeste inspirer un tendre penchant à quelqu'un, en lui témoignant d'en avoir pour lui, & le tout pour une bonne fin ?

LISETTE.

Mais j'en reviens à ma mouche, elle me paroît nécessaire à l'expédition que tu me proposes.

FLAMINIA.

N'oublieras-tu jamais ta mouche ? non,
elle n'eſt pas néceſſaire : il s'agit ici d'un
homme ſimple, d'un villageois ſans ex-
périence, qui s'imagine que nous autres
femmes d'ici ſommes obligées d'être auſſi
modeſtes que les femmes de ſon village ;
oh la modeſtie de ces femmes-là n'eſt pas
faite comme la nôtre, nous avons des dif-
penſes qui le ſcandaliſeroient ; ainſi ne re-
grettes plus ces mouches, & mets-en la
valeur dans tes manieres ; c'eſt de ces
manieres dont je te parle ; je te demande
ſi tu ſçauras les avoir comme il faut ?
voyons, que lui diras-tu ?

LISETTE.

Mais je lui dirai... que lui dirois-tu,
toi ?

FLAMINIA.

Ecoutes-moi, point d'air coquet d'a-
bord. Par exemple, on voit dans ta petite contenance un deſſein de plaire : oh
il faut en effacer cela ; tu mets je ne ſçaï
quoi d'étourdi & de vif dans ton geſte,
quelquefois c'eſt du nonchalant, du tendre, du mignard ; tes yeux veulent être
fripons, veulent attendrir, veulent frap-
per, font mille ſingeries ; ta tête eſt lége-
re ; ton menton porte au vent ; tu cours
après un air jeune, galant & diſſipé ; par

B ij

les-tu aux gens, leur réponds-tu, tu prends de certains tons, tu te fers d'un certain langage, & le tout finement relevé de faillies folles ; oh toutes ces petites impertinences-là font très-jolies dans une fille du monde, il eſt décidé que ce font des graces, le cœur des hommes s'eſt tourné comme cela, voilà qui eſt fini : mais ici il faut, s'il te plaît, faire main-baſſe ſur tous ces agrémens-là, le petit homme en queſtion ne les approuveroit point, il n'a pas le goût ſi fort lui : tiens, c'eſt tout comme un homme qui n'auroit jamais bû que de belles eaux bien claires, le vin ou l'eau-de-vie ne lui plairoient pas.

LISETTE *étonnée.*

Mais la façon dont tu arranges mes agrémens, je ne les trouve pas ſi jolis que tu dis.

FLAMINIA *d'un air naïf.*

Bon! c'eſt que je les examine-moi, voilà pourquoi ils deviennent ridicules : mais tu es en sûreté de la part des hommes.

LISETTE.

Que mettrai-je donc à la place de ces impertinences que j'ai?

FLAMINIA.

Rien : tu laiſſeras aller tes regards comme ils iroient ſi ta coqueterie les laiſſoit en repos ; ta tête comme elle ſe tiendroit,

si tu ne songeois pas à lui donner des airs
évaporés ; & ta contenance tout comme
elle est quand personne ne te regarde.
Pour essayer, donnes-moi quelqu'échantil-
lon de ton sçavoir-faire, regardes-moi d'un
air ingénu.

LISETTE *se tournant*.

Tiens, ce regard-là est-il bon ?

FLAMINIA.

Hum, il a encore besoin de quelque
correction.

LISETTE.

Oh dame, veux-tu que je te dise, tu
n'es qu'une femme, est-ce que cela ani-
me ? Laissons cela, car tu m'emporterois
la fleur de mon rôle ; c'est pour Arlequin,
n'est-ce pas ?

FLAMINIA.

Pour lui-même.

LISETTE.

Mais le pauvre garçon, si je ne l'aime
pas je le tromperai ; je suis fille d'honneur,
& je m'en fais un scrupule.

FLAMINIA.

S'il vient à t'aimer, tu l'épouseras, &
cela fera ta fortune ; as-tu encore des
scrupules ? Tu n'es, non plus que moi,
que la fille d'un domestique du Prince,
& tu deviendras grande Dame.

LISETTE.

Oh voilà ma conscience en repos, &
en ce cas-là, si je l'épouse, il n'est pas
nécessaire que je l'aime. Adieu, tu n'as
qu'à m'avertir quand il sera tems de commencer.

FLAMINIA,

Je me retire aussi, car voilà Arlequin
qu'on amene.

SCENE IV.

ARLEQUIN, TRIVELIN,

*Arlequin regarde Trivelin & tout
l'appartement avec étonnement.*

TRIVELIN.

EH bien, Seigneur Arlequin, comment vous trouvez-vous ici ?

Arlequin ne dit mot.

N'est-il pas vrai que voilà une belle
maison ?

ARLEQUIN.

Que diantre, qu'est-ce que cette maison-
là & moi avons affaire ensemble ? qu'est-ce
que c'est que vous ? que me voulez-vous ?
où allons-nous ?

TRIVELIN.

Je suis un honnête homme, à présent
votre domestique : je ne veux que vous

fervir, & nous n'allons pas plus loin.

ARLEQUIN.

Honnête homme ou fripon, je n'ai que
faire de vous, je vous donne votre congé,
& je m'en retourne.

TRIVELIN *l'arrêtant.*

Doucement.

ARLEQUIN.

Parlez donc : hé, vous êtes bien impertinent d'arrêter votre maître ?

TRIVELIN.

C'eft un plus grand maître que vous qui
vous a fait le mien.

ARLEQUIN.

Qui eft donc cet original-là, qui me
donne des valets malgré moi ?

TRIVELIN.

Quand vous le connoîtrez, vous parlerez autrement. Expliquons - nous à préfent.

ARLEQUIN.

Eft-ce que nous avons quelque chofe à
nous dire ?

TRIVELIN.

Oüi, fur Silvia.

ARLEQUIN *charmé, &*
vivement.

Ah Silvia ! hélas je vous demande pardon, voyez ce que c'eft, je ne fçavois pas
que j'avois à vous parler.

TRIVELIN.

Vous l'avez perdue depuis deux jours ?

ARLEQUIN.

Oüi : des voleurs me l'ont dérobée.

TRIVELIN.

Ce ne font pas des voleurs.

ARLEQUIN.

Enfin fi ce ne font pas des voleurs , ce font toujours des fripons.

TRIVELIN.

Je fçai où elle eſt.

ARLEQUIN *charmé & le careſſant.*

Vous fçavez où elle eſt, mon ami, mon valet, mon maître, mon tout ce qu'il vous plaira ? Que je fuis fâché de n'être pas riche , je vous donnerois tous mes revenus pour gages ; dites, l'honnête-homme , de quel côté faut-il tourner ? Eſt-ce à droite, à gauche ou tout devant moi ?

TRIVELIN.

Vous la verrez ici.

ARLEQUIN *charmé & d'un air doux.*

Mais quand j'y fonge , il faut que vous foyez bien bon, bien obligeant pour m'amener ici comme vous faites ? O Silvia, chere enfant de mon ame , ma mie , je pleure de joye.

TRIVELIN.

TRIVELIN *à part, les premiers mots.*

De la façon dont ce drôle-là prélude, il ne vous promet rien de bon ; écoutez, j'ai bien autre chose à vous dire.

ARLEQUIN *le preſſant.*

Allons d'abord voir Silvia, prenez pitié de mon impatience.

TRIVELIN.

Je vous dis que vous la verrez : mais il faut que je vous entretienne auparavant. Vous souvenez-vous d'un certain Cavalier, qui a rendu cinq ou six viſites à Silvia, & que vous avez vû avec elle ?

ARLEQUIN *triſte.*

Oüi : il avoit la mine d'un hypocrite.

TRIVELIN.

Cet homme-là a trouvé votre maîtreſſe fort aimable.

ARLEQUIN.

Pardi, il n'a rien trouvé de nouveau.

TRIVELIN.

Et il en a fait au Prince un récit qui l'a enchanté.

ARLEQUIN.

Le babillard !

TRIVELIN.

Le Prince a voulu la voir, & a donné ordre qu'on l'amenât ici.

Double Inconſtance. C

ARLEQUIN.

Mais il me la rendra , comme cela eſt
juſte ?

TRIVELIN.

Hum , il y a une petite difficulté : il en
eſt devenu amoureux , & ſouhaiteroit d'en
être aimé à ſon tour.

ARLEQUIN.

Son tour ne peut pas venir , c'eſt moi
qu'elle aime.

TRIVELIN.

Vous n'allez point au fait , écoûtez juſ-
qu'au bout.

ARLEQUIN hauſſant le ton.

Mais le voilà le bout ; eſt-ce qu'on veut
me chicaner mon bon droit ?

TRIVELIN.

Vous ſçavez que le Prince doit ſe choiſir
une femme dans ſes Etats !

ARLEQUIN bruſquement.

Je ne ſçai point cela : cela m'eſt inutile.

TRIVELIN.

Je vous l'apprens.

ARLEQUIN bruſquement.

Je ne me ſoucie pas de nouvelles.

TRIVELIN.

Silvia plaît donc au Prince , & il voudroit lui plaire avant que de l'épouſer ; l'a-
mour qu'elle a pour vous fait obſtacle à
celui qu'il tâche de lui donner pour lui.

ARLEQUIN.

Qu'il faſſe donc l'amour ailleurs ; car il n'auroit que la femme, moi j'aurois le cœur, il nous manqueroit quelque choſe à l'un & à l'autre, & nous ſerions tous trois mal à notre aiſe.

TRIVELIN.

Vous avez raiſon : mais ne voyez-vous pas que ſi vous épouſez Silvia, le Prince reſteroit malheureux ?

ARLEQUIN *après avoir rêvé.*

A la vérité il ſeroit d'abord un peu triſ-te, mais il aura fait le devoir d'un brave homme, & cela conſole ; au lieu que s'il l'épouſe, il fera pleurer ce pauvre enfant, je pleurerai auſſi moi, & il n'y aura que lui qui rira, & il n'y a pas de plaiſir à rire tout ſeul.

TRIVELIN.

Seigneur Arlequin, croyez-moi, faites quelque choſe pour votre maître ; il ne peut ſe réſoudre à quitter Silvia, je vous dirai même qu'on lui a prédit l'avanture qui la lui a fait connoître, & qu'elle doit être ſa femme ; il faut que cala arrive, cela eſt écrit là-haut.

ARLEQUIN.

Là-haut on n'écrit pas de telles imper-tinences : pour marque de cela, ſi on avoit prédit que je dois vous aſſommer, vous tuer par derriere, trouveriez-vous bon que j'accompliffe la prédiction ?

TRIVELIN.

Non vraiment, il ne faut jamais faire de mal à perfonne.

ARLEQUIN.

Eh bien, c'eft ma mort qu'on a prédire; ainfi c'eft prédire rien qui vaille, & dans tout cela il n'y a que l'Aftrologue à pendre.

TRIVELIN.

Eh morbleu on ne prétend pas vous faire du mal; nous avons ici d'aimables filles, époufez-en une, vous y trouverez votre avantage.

ARLEQUIN.

Oüi-dà, que je me marie à une autre; afin de mettre Silvia en colere & qu'elle porte fon amitié ailleurs. Oh, oh, mon mignon, combien vous a-t-on donné pour m'attraper? Allez, mon fils, vous n'êtes qu'un butord, gardez vos filles, nous ne nous accommoderons pas, vous êtes trop cher.　　TRIVELIN.

Sçavez-vous bien que le mariage que je vous propofe vous acquerra l'amitié du Prince?

ARLEQUIN.

Bon, mon ami ne feroit pas feulement mon camarade.

TRIVELIN.

Mais les richesses que vous promet cette amitié....

ARLEQUIN.

On n'a que faire de toutes ces babioles-là, quand on se porte bien, qu'on a bon appétit & de quoi vivre.

TRIVELIN.

Vous ignorez le prix de ce que vous refusez.

ARLEQUIN *d'un air négligent.*

C'est à cause de cela que je n'y perds rien.

TRIVELIN.

Maison à la ville, maison à la campagne.

ARLEQUIN.

Ah que cela est beau ! il n'y a qu'une chose qui m'embarrasse ; qui est-ce qui habitera ma maison de ville, quand je serai à ma maison de campagne ?

TRIVELIN.

Parbleu vos Valets.

ARLEQUIN.

Mes Valets ! qu'ai-je besoin de faire fortune pour ces canailles-là ? je ne pourrai donc pas les habiter toutes à la fois ?

TRIVELIN *riant.*

Non, que je pense, vous ne serez pas en deux endroits en même tems.

ARLEQUIN.

Eh bien, innocent que vous êtes, si je
n'ai pas ce secret-là, il est inutile d'avoir
deux maisons.

TRIVELIN.

Quand il vous plaira vous irez de l'une
à l'autre.

ARLEQUIN.

A ce compte, je donnerai donc ma maîtresse pour avoir le plaisir de déménager
souvent?

TRIVELIN.

Mais rien ne vous touche, vous êtes
bien étrange! cependant tout le monde
est charmé d'avoir de grands appartemens,
nombre de domestiques....

ARLEQUIN.

Il ne me faut qu'une chambre, je n'aime point à nourrir des fainéans, & je ne
trouverai point de valet plus fidele, plus
affectionné à mon service que moi.

TRIVELIN.

Je conviens que vous ne serez point en
danger de mettre ce domestique-là dehors:
mais ne seriez-vous pas sensible au plaisir
d'avoir un bon équipage, un bon carosse,
sans parler de l'agrément d'être meublé
superbement!

ARLEQUIN.

Vous êtes un grand nigaud, mon ami;

de faire entrer Silvia en comparaiſon avec
des meubles, un caroſſe & des chevaux
qui le traînent ; dites-moi, fait-on autre
choſe dans ſa maiſon que s'aſſeoir, prendre ſes repas, & ſe coucher ! Eh bien, avec
un bon lit, une bonne table, une douzai-
ne de chaiſes de paille, ne ſuis-je pas
bien meublé ? n'ai-je pas toutes mes com-
modités ? Oh mais je n'ai pas de caroſſe ? eh bien je ne verſerai point. Ne
En montrant ſes jambes.
voilà-t-il pas un équipage que ma mere
m'a donné ? N'eſt-ce pas de bonnes jambes ? Eh morbleu il n'y a pas de raiſon à
vous d'avoir une autre voiture que la
mienne. Alerte, alerte, pareſſeux, laiſſez
vos chevaux à tant d'honnêtes laboureurs
qui n'en ont point, cela nous fera du pain ;
vous marcherez, & vous n'aurez pas les
gouttes. TRIVELIN.

Têtubleu ! vous êtes vif, ſi l'on vous en
croyoit, on ne pourroit fournir les hommes de ſouliers.

ARLEQUIN <i>bruſquement.</i>

Ils porteroient des ſabots. Mais je commence à m'ennuyer de tous vos contes,
vous m'avez promis de me montrer Silvia,
& un honnête homme n'a que ſa parole.

TRIVELIN.

Un moment : vous ne vous ſouciez ni

d'honneurs, ni de richeſſes, ni de belles maiſons, ni de magnificence, ni de crédit, ni d'équipages ....

ARLEQUIN.

Il n'y a pas-là pour un ſol de bonne marchandiſe.

TRIVELIN.

La bonne chere vous tenteroit-elle ? Une cave remplie de vin exquis vous plairoit-elle ? Seriez-vous bien aiſe d'avoir un cuiſinier qui vous apprêta délicatement à manger, & en abondance ? Imaginez-vous ce qu'il y a de meilleur, de plus friand en viande & en poiſſon, vous l'aurez, & pour toute votre vie.

Arlequin eſt quelque tems à répondre.

TRIVELIN.

Vous ne répondez rien ?

ARLEQUIN.

Ce que vous dites-là ſeroit plus de mon goût que tout le reſte ; car je ſuis gourmand, je l'avoue : mais j'ai encore plus d'amour que de gourmandiſe.

TRIVELIN.

Allons, Seigneur Arlequin, faites-vous un ſort heureux, il ne s'agira ſeulement que de quitter une fille pour en prendre une autre.　ARLEQUIN.

Non, non, je m'en tiens au bœuf, & au vin de mon crû.

TRIVELIN.

Que vous auriez bû de bon vin ! que vous auriez mangé de bon morceaux !

ARLEQUIN.

J'en suis fâché, mais il n'y a rien à faire ; le cœur de Silvia est un morceau encore plus friand que tout cela : voulez-vous me la montrer, ou ne le voulez-vous pas ? TRIVELIN.

Vous l'entretiendrez, soyez-en sûr, mais il est encore un peu matin.

SCENE V.

LISETTE, ARLEQUIN, TRIVELIN.

LISETTE à Trivelin.

JE vous cherche par-tout, Monsieur Trivelin, le Prince vous demande.

TRIVELIN.

Le Prince me demande, j'y cours : mais tenez donc compagnie au Seigneur Arlequin pendant mon absence.

ARLEQUIN.

Oh ce n'est pas la peine, quand je suis seul moi, je me fais compagnie.

TRIVELIN.

Non, non, vous pourriez vous ennuyer, adieu, je vous répondrai bientôt.

SCENE VI.

ARLEQUIN, LISETTE,

ARLEQUIN *se retirant au coin du Théâtre.*

JE gage que voilà une éveillée qui vient pour m'affriander d'elle, néant.

LISETTE *doucement.*

C'eſt donc vous, Monſieur, qui êtes l'amant de Mademoiſelle Silvia.

ARLEQUIN *froidement.*

Oui.

LISETTE.

C'eſt une très-jolie fille.

ARLEQUIN *du même ton.*

Oui.

LISETTE.

Tout le monde l'aime.

ARLEQUIN *bruſquement.*

Tout le monde a tort.

LISETTE.

Pourquoi cela, puiſqu'elle le mérite ?

ARLEQUIN *bruſquement.*

C'eſt qu'elle n'aimera perſonne que moi.

LISETTE.

Je n'en doute pas, & je lui pardonne ſon attachement pour vous.

ARLEQUIN.

A quoi cela fert-il, ce pardon-là?

LISETTE.

Je veux dire que je ne fuis plus fi fur-
prife que je l'étois de fon obftination à vous
aimer.

ARLEQUIN.

Et en vertu de quoi étiez-vous furpri-
fe ?

LISETTE.

C'eft qu'elle refufe un Prince aimable.

ARLEQUIN.

Et quand il feroit aimable, cela empê-
che-t-il que je ne le fois auffi moi ?

LISETTE *d'un air doux*.

Non : mais enfin c'eft un Prince.

ARLEQUIN.

Qu'importe ! en fait de fille , ce Prince
n'eft pas plus avancé que moi.

LISETTE *doucement*.

A la bonne heure ; j'entens feulement
qu'il a des Sujets & des Etats, & que
tout aimable que vous êtes , vous n'en
avez point.

ARLEQUIN.

Vous me la baillez belle avec vos Sujets
& vos Etats ; fi je n'ai pas de Sujets , je
n'ai charge de perfonne ; & fi tout va
bien, je m'en réjouis, fi tout va mal, ce
n'eft pas ma faute. Pour des Etats , qu'on

en ait où qu'on en ait point, on n'en tient pas plus de place, & cela ne rend ni plus beau, ni plus laid : ainſi de toutes façons vous étiez ſurpriſe à propos de rien.

LISETTE *à part.*

Voilà un vilain petit homme, je lui fais des complimens, & il me querelle.

ARLEQUIN, *comme lui demandant ce qu'elle dit.*

Hem.

LISETTE.

J'ai du malheur de ce que je vous dis ; & j'avoue qu'à vous voir ſeulement, je me ſerois promis une converſation plus douce.

ARLEQUIN.

Dame, Mademoiſelle, il n'y a rien de ſi trompeur que la mine des gens.

LISETTE.

Il eſt vrai que la vôtre m'a trompée, & voilà comme on a ſouvent tort de ſe pré-venir en faveur de quelqu'un.

ARLEQUIN.

Oh ! très-fort : mais que voulez-vous ? je n'ai pas choiſi ma phiſionomie.

LISETTE *en le regardant comme étonnée.*

Non, je n'en ſçaurois revenir quand je vous regarde.

ARLEQUIN.

Me voilà pourtant, & il n'y a point de remede, je ferai toujours comme cela.

LISETTE *d'un air un peu fâché.*

Oh ! j'en suis persuadée.

ARLEQUIN.

Par bonheur vous ne vous en souciez gueres ?

LISETTE.

Pourquoi me demandez-vous cela ?

ARLEQUIN.

Eh ! pour le sçavoir.

LISETTE, *d'un air naturel.*

Je serois bien sotte de vous dire la vérité là-dessus, & une fille doit se taire.

ARLEQUIN, *à part les premiers mots.*

Comme elle y va, tenez, dans le fonds c'est dommage que vous soyez une si grande coquette.

LISETTE.

Moi ?

ARLEQUIN.

Vous-même.

LISETTE.

Sçavez-vous bien qu'on n'a jamais dit pareille chose à une femme, & que vous m'insultez ?

ARLEQUIN *d'un air naïf.*

Point du tout : il n'y a point du mal à

voir ce que les gens nous montrent ; ce
n'eſt point moi qui ai tort de vous trouver
coquette, c'eſt vous qui avez tort de l'ê-
tre, Mademoiſelle.

LISETTE, *d'un air un peu vif.*

Mais par où voyez-vous donc que je la
ſuis ?

ARLEQUIN.

Parce qu'il y a une heure que vous me
dites des douceurs, & que vous prenez
le tour pour me dire que vous m'aimez :
écoutez, ſi vous m'aimez tout de bon,
retirez-vous vîte, afin que cela s'en aille,
car je ſuis pris ; & naturellement je ne veux
pas qu'une fille me faſſe l'amour la premiere, c'eſt moi qui veux commencer à
le faire à la fille, cela eſt bien meilleur, &
ſi vous ne m'aimez pas, eh fy, Mademoiſelle, fy, fy.

LISETTE.

Allez, allez, vous n'êtes qu'un viſion-
naire.

ARLEQUIN.

Comment eſt-ce que les garçons à la
Cour peuvent ſouffrir ces manieres-là
dans leurs Maîtreſſes ! Par la morbleu,
qu'une femme eſt laide quand elle eſt coquette !

LISETTE.

Mais mon pauvre garçon, vous extra-
vaguez.

ARLEQUIN.

Vous parlez de Sylvia, c'est cela qui est aimable ; si je vous contois notre amour, vous tomberiez dans l'admiration de sa modestie : les premiers jours il falloit voir comme elle se reculoit d'auprès de moi, & puis elle reculoit plus doucement, & puis petit à petit elle ne reculoit plus ; en-suite elle me regardoit en cachette, & puis elle avoit honte quand je l'avois vû faire, & puis moi j'avois un plaisir de Roi à voir sa honte ; ensuite j'attrapois sa main, qu'elle me laissoit prendre, & puis elle étoit encore toute confuse, & puis je lui parlois ; ensuite elle ne me répondoit rien, mais n'en pensoit pas moins ; ensuite elle me donnoit des regards pour des paroles, & puis des paroles qu'elle laissoit aller sans y songer, parce que son cœur alloit plus vîte qu'elle : enfin c'étoit un charme, aussi j'étois comme un fou ; & voilà ce qui s'appelle une fille, mais vous ne res-semblez point à Sylvia.

LISETTE.

En vérité vous me divertissez, vous me faites rire.

ARLEQUIN.

Oh ! pour moi je m'ennuye de vous faire rire à vos dépens : adieu, si tout le monde étoit comme moi, vous trouve-

riez plutôt un merle blanc , qu'un amoureux.

SCENE VI.

ARLEQUIN, TRIVELIN, LISETTE

TRIVELIN *à Arlequin.*

VOus fortez ?

ARLEQUIN.

Oui : cette Demoifelle veut que je l'aime , mais il n'y a pas moyen.

TRIVELIN.

Allons , allons faire un tour en attendant le dîner , cela vous défennuyera.

SCENE VII.

LE PRINCE, FLAMINIA, LISETTE.

FLAMINIA *à Lifette.*

EH bien ! nos affaires avancent-elles ?
Comment va le cœur d'Arlequin ?

LISEETE *d'un air fâché.*

Il va très-brutalement pour moi.

FLAMINIA.

Il ta donc mal reçue ?

LISETTE.

Eh fy, Mademoifelle , vous êtes une
coquette :

coquette : voilà de son style.

LE PRINCE.

J'en suis fâché, Lisette : mais il ne faut pas que cela vous chagrine, vous n'en valez pas moins.

LISETTE.

Je vous avoue, Seigneur, que si j'étois vaine je n'aurois pas mon compte ; j'ai des preuves que je puis déplaire, & nous autres femmes nous nous passons bien de ces preuves-là.

FLAMINIA.

Allons, allons, c'est maintenant à moi à tenter l'avanture.

LE PRINCE.

Puisqu'on ne peut gagner Arlequin, Silvia ne m'aimera jamais.

FLAMINIA.

Et moi je vous dis, Seigneur, que j'ai vû Arlequin, qu'il me plaît à moi, que je me suis mise dans la tête de vous rendre content ; que je vous ai promis que vous le feriez ; que je vous tiendrai parole, & que de tout ce que je vous dis-là, je n'en rabattrois pas la valeur d'un mot ; oh vous ne me connoissez pas. Quoi, Seigneur, Arlequin & Silvia me resisteroient ? Je ne gouvernerois pas deux cœurs de cette espece-là, moi qui l'ai entrepris, moi qui suis opiniâtre, moi qui

Double Inconstance.   D

fuis femme ! c'eſt tout dire. Et moi, j'i-
rai me cacher, mon ſexe me renonceroit.
Seigneur, vous pouvez en toute ſûreté ordonner les apprêts de votre mariage, vous
arranger pour cela ; je vous garantis aimé,
je vous garantis marié, Sylvia va vous
donner ſon cœur, enſuite ſa main, je l'entens d'ici vous dire, je vous aime, je vois
vos nôces, elle ſe font, Arlequin m'é-
pouſe, vous nous honorez de vos bienfaits,
& voilà qui eſt fini.

    L I S E T T E *d'un air incrédule.*

Tout eſt fini, rien n'eſt commencé.

     F L A M I N I A.

Tais-toi, eſprit court.

     L E P R I N C E.

Vous m'encouragez à eſpérer : mais je
vous avoue que je ne vois d'apparence à
rien.   F L A M I N I A.

Je les ferai bien venir ces apparences,
j'ai de bons moyens pour cela ; je vais
commencer par aller chercher Silvia, il eſt
tems qu'elle voye Arlequin.

     L I S E T T E.

Quand ils ſe feront vûs, j'ai bien peur
que tes moyens n'aillent mal.

     L E P R I N C E.

Je penſe de même.

    F L A M I N I A *d'un air indifférent.*

Eh nous ne différons que du oui & du

non, ce n'eſt qu'une bagatelle ; pour moi j'ai réſolu qu'ils ſe voyent librement, ſur la liſte des mauvais tours que je veux jouer à leur amour, c'eſt ce tour-là que j'ai mis à la tête.

LE PRINCE.
Faites donc à votre fantaiſie.

FLAMINIA.
Retirons-nous, voici Arlequin qui vient.

SCENE IX.

ARLEQUIN, TRIVELIN,
& une ſuite de Valets.

ARLEQUIN.

PAR paranthéſe, dites-moi une choſe, il y a une heure que je rêve à quoi ſervent ces grands drôles barriolés qui nous accompagnent par-tout, ces gens-là ſont bien curieux ?

TRIVELIN.
Le Prince qui vous aime, commence par-là à vous donner des témoignages de ſa bienveillance ; il veut que ces gens-là vous ſuivent pour vous faire honneur.

ARLEQUIN.
Oh, oh, c'eſt donc une marque d'honneur ?

D iij

TRIVELIN.

Oui, fans doute.

ARLEQUIN.

Et, dites moi, ces gens-là qui me fui-
vent, qui eſt-ce qui les ſuit eux ?

TRIVELIN.

Perſonne.

ARLEQUIN.

Eh vous, n'avez-vous perſonne auſſi ?

TRIVELIN.

Non.

ARLEQUIN.

On ne vous honore donc pas vous autres ?

TRIVELIN.

Nous ne méritons pas cela.

ARLEQUIN *en colere &*
prenant ſon bâton.

Allons, cela étant, hors d'ici, tournez-
moi les talons avec toute ces canailles-là ?

TRIVELIN.

D'où vient donc cela ?

ARLEQUIN.

Détalez, je n'aime point les gens ſans
honneur, & qui ne méritent pas qu'on
les honore.

TRIVELIN.

Vous ne m'entendez pas.

ARLEQUIN *en le frapant.*

Je m'en vais donc vous parler plus clairement.

TRIVELIN *en s'enfuyant.*

Arrêtez, arrêtez, que faites-vous ?

Arlequin court aussi après les autres
Valets, qu'il chasse, & Trivelin
se réfugie dans une coulisse.

SCENE X.

ARLEQUIN, TRIVELIN.

ARLEQUIN *revient sur le Théâtre.*

CEs marauts-là ! j'ai eu toutes les pei-
nes du monde à les congédier ; voilà
une drôle de façon d'honorer un honnête
homme, que de mettre une troupe de co-
quins après lui, c'est se mocquer du monde.

Il se retourne, & voit Tri-
velin qui revient.

ARLEQUIN.

Mon ami, est-ce que je ne me suis pas
bien expliqué ?

TRIVELIN *de loin.*

Ecoûtez, vous m'avez battu : mais je
vous le pardonne, je vous crois un garçon raisonnable.

ARLEQUIN.

Vous le voyez bien.

TRIVELIN *de loin.*

Quand je vous dis que nous ne méri-

tons pas d'avoir des gens à notre suite, ce
n'eſt pas que nous manquions d'honneur ;
c'eſt qu'il n'y a que les perſonnes conſidérables, les Seigneurs, les gens riches qu'on
honore de cette maniere-là : s'il ſuffiſoit
d'être honnête homme, moi qui vous
parle, j'aurois après moi une armée de
valets.

ARLEQUIN *remettant ſa latte.*

Oh ! à préſent je vous comprens ; que
diantre ! que ne dites-vous la choſe comme il faut ? je n'aurois pas les bras dé-
mis, & vos épaules s'en porteroient
mieux.

TRIVELIN.

Vous m'avez fait mal.

ARLEQUIN.

Je le crois bien, c'étoit mon intention ;
par bonheur ce n'eſt qu'un mal entendu,
& vous devez être bien aiſe d'avoir reçu
innocemment les coups de bâton que je
vous ai donnez. Je vois bien à préſent
que c'eſt qu'on fait ici tout l'honneur aux
gens conſidérables, riches, & à celui qui
n'eſt qu'honnête homme, rien.

TRIVELIN.

C'eſt cela même.

ARLEQUIN *d'un air dégoûté.*

Sur ce pied-là ce n'eſt pas grand choſe
que d'être honoré, puiſque cela ne ſi-

gnifie pas qu'on foit honorable.

TRIVELIN.

Mais on peut être honorable avec cela.

ARLEQUIN.

Ma foi, tout bien compté, vous me
ferez plaifir de me laiffer-là fans compagnie ; ceux qui me verront tout feul me
prendront tout d'un coup pour un honnête homme, j'aime autant cela que d'ê-
tte pris pour un grand Seigneur.

TRIVELIN.

Nous avons ordre de refter auprès de
vous.

ARLEQUIN.

Menez-moi donc voir Silvia.

TRIVELIN.

Vous ferez fatisfait, elle va venir...
parbleu, je ne me trompe pas, car la
voilà qui entre : adieu, je me retire.

SCENE XI.

SILVIA, FLAMINIA, ARLEQUIN.

SILVIA *en entrant accourt avec joye.*

AH le voici ! eh mon cher Arlequin,
c'eft donc vous ! je vous revois donc ?
la pauvre enfant, que je fuis aife !

ARLEQUIN *tout essouflé de joye.*

Et moi aussi. *Il prend respiration.* Oh,
oh, je me meurs de joye.

SILVIA.

Là, là, mon fils, doucement; comme
il m'aime, quel plaisir d'être aimé comme
cela !

FLAMINIA *en les regar-*
dant tous deux.

Vous me ravissez tous deux, mes chers
enfans, & vous êtes bien aimables de
vous être si fideles. *Et comme tout bas.* Si
quelqu'un m'entendoit dire cela, je serois
perdue : mais dans le fond du cœur je vous
estime, & je vous plains.

SILVIA *lui répondant.*

Hélas ! c'est que vous êtes un bon cœur.
J'ai bien soupiré, mon cher Arlequin.

ARLEQUIN *tendrement, & lui*
prenant la main.

M'aimez-vous vous toujours ?

SILVIA.

Si je vous aime ! cela se demande-t-il ?
est-ce une question à faire ?

FLAMINIA *d'un air na-*
turel à Arlequin.

Oh ! pour cela je puis vous certifier sa
tendresse, je l'ai vûe au désespoir, je l'ai
vûe pleurer de votre absence ; elle m'a
touchée moi-même, je mourois d'envie
de

de vous voir enfemble, vous voilà : adieu, mes amis, je m'en vais ; car vous m'attendriſſez ; vous me faites triſtement reſſouvenir d'un amant que j'avois, & qui eſt mort ; il avoit de l'air d'Arlequin, & je ne l'oublierai jamais. Adieu, Silvia, on m'a miſe auprès de vous, mais je ne vous déſervirai point ; aimez toujours Arlequin, il le mérite : & vous, Arlequin, quelque choſe qu'il arrive, regardez-moi comme une amie, comme une perſonne qui voudroit pouvoir vous obliger, je ne négligerai rien pour cela.

ARLEQUIN *doucement.*

Allez, Mademoiſelle, vous êtes une fille de bien ; je ſuis votre ami auſſi moi ; je ſuis fâché de la mort de votre amant, c'eſt bien dommage que vous ſoyez affligée & nous auſſi.

SCENE XII.

ARLEQUIN, SILVIA.

SILVIA *d'un air plaintif.*

EH bien, mon cher Arlequin.

ARLEQUIN.

Eh bien, mon ame ?

SILVIA.

Nous ſommes bien malheureux.

La Double Inconſtance. E

ARLEQUIN.

Aimons-nous toujours, cela nous aide-
ra à prendre patience.

SILVIA.

Oui, mais notre amitié que deviendra-
t-elle ? cela m'inquiéte.

ARLEQUIN.

Hélas ! mamour, je vous dis de prendre patience : mais je n'ai pas plus de
courage que vous. *Il lui prend la main.*
Pauvre petit trésor, à moi, ma mie ; il y
a trois jours que je n'ai vû ces beaux yeux-
là, regardez-moi toujours pour me ré-
compenser.

SILVIA *d'un air inquiet.*

Ah ! j'ai bien des chofes à vous dire,
j'ai peur de vous perdre ; j'ai peur qu'on
ne vous faffe quelque mal par méchanceté
de jaloufie ; j'ai peur que vous ne foyez
trop long-tems fans me voir, & que vous
ne vous y accoutumiez.

ARLEQUIN.

Petit cœur, eft-ce que je m'accoutume-
rois à être malheureux ?

SILVIA.

Je ne veux point que vous m'oubliez ;
je ne veux point non plus que vous endu-
riez rien à caufe de moi, je ne fçai point
dire ce que je veux, je vous aime trop,
c'eft une pitié que mon embarras, tout me
chagrine.

ARLEQUIN *pleure.*

Hi, hi, hi, hi.

SILVIA *triſtement.*

Oh bien, Arlequin, je m'en vais donc pleurer auſſi moi.

ARLEQUIN.

Comment voulez-vous que je m'empê-che de pleurer, puiſque vous voulez être ſi triſte? Si vous aviez un peu de compaſ-ſion, eſt-ce que vous ſeriez ſi affligée?

SILVIA.

Demeurez-donc en repos, je ne vous dirai plus que je ſuis chagrine.

ARLEQUIN.

Oui, mais je devinerai que vous l'êtes; il faut me promettre que vous ne le ſerez plus.

SILVIA.

Oui, mon fils, mais promettez-moi auſſi que vous m'aimerez toujours.

ARLEQUIN *en s'arrêtant tout court pour la regarder.*

Silvia, je ſuis votre amant, vous êtes ma maîtreſſe, retenez le bien, car cela eſt vrai, & tant que je ſerai en vie, cela ira toujours le même train, cela ne branlera pas, je mourrai de compagnie avec cela. Ah ça, dites-moi le ſerment que vous voulez que je vous faſſe?

E ij

54

SILVIA.

Voilà qui va bien, je ne sçai point de
sermens ; vous êtes un garçon d'honneur,
j'ai votre amitié, vous avez la mienne, je
ne la reprendrai pas, à qui est-ce que je la
porterois ; N'êtes-vous pas le plus joli garçon qu'il y ait Y a-t-il quelque fille qui
puisse vous aimer autant que moi ? Eh
bien, n'est-ce pas assez, nous en faut-il davantage ? Il n'y a qu'à rester comme nous
sommes, il n'y aura pas besoin de sermens.

ARLEQUIN.

Dans cent ans d'ici nous serons tout de
même.

SILVIA.

Sans doute.

ARLEQUIN.

Il n'y a donc rien à craindre, ma mie,
tenons nous donc joyeux.

SILVIA.

Nous souffrirons peut - être un peu ;
voilà tout.

ARLEQUIN.

C'est une bagatelle, quand on a un peu
pâti, le plaisir en semble meilleur.

SILVIA.

Oh ! pourtant je n'aurois que faire de
pâtir pour être bien aise, moi.

ARLEQUIN.

Il n'y aura qu'à ne pas songer que nous
pâtissions.

INCONSTANCE.

SILVIA *en le regardant tendrement.*
Ce cher petit homme, comme il m'encourage.

ARLEQUIN *tendrement.*
Je ne m'embarrasse que de vous.

SILVIA *en le regardant.*
Où est-ce qu'il prend tout ce qu'il me dit ? Il n'y a que lui au monde comme cela : mais aussi il n'y a que moi pour vous aimer, Arlequin.

ARLEQUIN *saute d'aise.*
C'est comme du miel ces paroles-là.

SCENE XIII.

ARLEQUIN, TRIVELIN, SILVIA, FLAMINIA.

TRIVELIN *à Silvia.*

JE suis au désespoir de vous interrompre : mais votre mere vient d'arriver, Mademoiselle Silvia, & elle demande instamment à vous parler.

SILVIA *regardant Arlequin.*
Arlequin ne me quittez pas ; je n'ai rien de secret pour vous.

ARLEQUIN *la prenant sous le bras.*
Marchons, ma petite.

E iij

FLAMINIA *d'un air de*
confiance , & s'approchant d'eux.

Ne craignez rien, mes enfans ; allez
toute seule trouver votre mere, ma chere
Silvia, cela sera plus séant : vous êtes li-
bres de vous voir autant qu'il vous plaira,
c'est moi qui vous en assure, vous sçavez bien que je ne voudrois pas vous
tromper.

ARLEQUIN.

Oh non ; vous êtes de notre parti vous.

SILVIA.

Adieu donc, mon fils, je vous rejoin-
drai bientôt.

ARLEQUIN *à Flaminia qui veut*
s'en aller , & qu'il arrête.

Notre amie, pendant qu'elle sera - là,
restez avec moi, pour empêcher que je
ne m'ennuye ; il n'y a ici que votre compagnie que je puisse endurer.

FLAMINIA *comme en secret.*

Mon cher Arlequin, la vôtre me fait
bien du plaisir aussi : mais j'ai peur qu'on
ne s'apperçoive de l'amitié que j'ai pour
vous.

TRIVELIN.

Seigneur Arlequin, le dîné est prêt.

ARLEQUIN *tristement.*

Je n'ai point de faim.

LL AMINIA *d'un air d'amitié.*

Je veux que vous mangiez, vous en
avez besoin.

ARLEQUIN *doucement.*

Croyez-vous ?

FLAMINIA.

Oui.

ARLEQUIN.

Je ne sçaurois. *A Trivelin.* La soupe est-
elle bonne ?

TRIVELIN.

Exquise.

ARLEQUIN.

Hum, il faut attendre Silvia, elle aime
le potage.

FLAMINIA.

Je crois qu'elle dînera avec sa mere ;
vous êtes le maître pourtant : mais je vous
conseille de les laisser ensemble, n'est-il
pas vrai ? Après dîné vous la verrez.

ARLEQUIN.

Je veux bien : mais mon appétit n'est
pas encore ouvert.

TRIVELIN.

Le vin est au frais, & le rôt tout prêt.

ARLEQUIN.

Je suis si triste... Ce rôt est donc friand ?

TRIVELIN

C'est du gibier qui a une mine . . .

ARLEQUIN.

Que de chagrins ! Allons donc, quand
la viande eſt froide elle ne vaut rien.

FLAMINIA.

N'oubliez pas de boire à ma ſanté.

ARLEQUIN.

Venez boire à la mienne, à cauſe de la
connoiſſance.

FLAMINIA.

Ouidà, de tout mon cœur, jai une de-
mi-heure à vous donner.

ARLEQUIN.

Bon, je ſuis content de vous.

Fin du premier Acte.

ACTE II.

SCENE I.

FLAMINIA, SILVIA.

SILVIA.

OUI, je vous crois, vous paroissez me vouloir du bien ; aussi vous voyez que je ne souffre que vous, je regarde tous les autres comme mes ennemis. Mais où est Arlequin ?

FLAMINIA.

Il va venir, il dîne encore.

SILVIA.

C'est quelque chose d'épouvantable que ce Pays-ci ! je n'ai jamais vû de femmes si civiles, des hommes si honnêtes ; ce sont des manieres si douces, tant de révérences, tant de complimens, tant de signes d'amitié ; vous diriez que ce sont les meilleures gens du monde, qu'ils sont pleins de cœur & de conscience ; point du tout, de tous ces gens-là il n'y en a pas un qui ne vienne me dire d'un air prudent: Mademoiselle, croyez-moi, je vous conseille d'abandonner Arlequin, & d'épouser le Prince : mais ils me conseillent cela tout naturellement, sans avoir honte, non plus que s'ils m'exhortoient à quelque bonne action. Mais, leur dis-je, j'ai promis à Arlequin, où est la fidélité, la probité, la bonne foi ? Ils ne m'entendent pas ; ils ne sçavent ce que c'est que tout cela, c'est tout comme si je leur parlois Grec ; ils me rient au nez, me disent que je fais l'enfant, qu'une grande fille doit avoir de la raison : eh cela n'est-il pas joli ? Ne valoir rien, tromper son prochain, lui manquer de parole, être fourbe & mensonger ; voilà le devoir des grandes personnes de ce maudit endroit-ci. Qu'est-ce que c'est que ces gens là ? d'où sortent-ils ? de quelle pâte sont-ils ?

FLAMINIA.

De la pâte des autres hommes, ma chere Silvia, que cela ne vous étonne pas, ils s'imaginent que ce feroit votre bonheur que le mariage du Prince.

SILVIA.

Mais ne suis-je pas obligée d'être fidèle ? N'est-ce pas mon devoir d'honnête fille ? & quand on ne fait pas son devoir est-on heureuse ? Par-dessus le marché,

cette fidélité n'eſt-elle pas mon charme ? &
on a le courage de me dire : Là , fais un
mauvais tour, qui ne te rapportera que du
mal , perds ton plaiſir & ta bonne foi ; &
parce que je ne veux pas moi , on me trouve dégoûtée.

FLAMINIA,

Que voulez-vous ? ces gens-là penſent
à leur façon , & ſouhaiteroient que le Prince fût content.

SILVIA.

Mais ce Prince , que ne prend-il une
fille qui ſe rende à lui de bonne volonté ?
Quelle fantaiſie d'en vouloir une qui ne
veut pas de lui ? Quel goût trouve-t'il à cela ? Car c'eſt un abus que tout ce qu'il fait ,
tous ces concerts, ſes Comédies,ces grands
repas qui reſſemblent à des nôces , ces bi-
joux qu'il m'envoye ; tout cela lui coûte un
argent infini , c'eſt un abîme , il ſe ruine ;
demandez-moi ce qu'il y gagne ? Quand
il me donneroit toute la boutique d'un
Mercier , cela ne me feroit pas tant de plaiſir qu'un petit peloton qu'Arlequin m'a
donné.

FLAMINIA.

Je n'en doute pas , voilà ce que c'eſt que
l'amour ; j'ai aimé de même , & je me reconnois au peloton.

SILVIA.

Tenez, si j'avois eu à changer Arlequin
contre un autre, ç'auroit été contre un
Officier du Palais, qui m'a vû cinq ou six
fois, & qui est d'aussi bonne façon qu'on
puisse être : il y a bien à tirer si le Prince le
vaut, c'est dommage que je n'ai pû l'aimer
dans le fond, & je le plains plus que le
Prince.

FLAMINIA *souriant en cachette.*

Oh ! Silvia, je vous assure que vous plain-
drez le Prince autant que lui, quand vous
le connoîtrez.

SILVIA.

Eh bien, qu'il tâche de m'oublier, qu'il
me renvoye, qu'il voye d'autres filles; il
y en a ici qui ont leur amant tout comme
moi ? mais cela ne les empêche pas d'aimer tout le monde, j'ai bien vû que cela
ne leur coûte rien : mais pour moi, cela
m'est impossible.

FLAMINIA.

Eh ma chere enfant, avons-nous rien
ici qui vous vaille, rien qui approche de
vous ?

SILVIA *d'un air modeste.*

Oh que si, il y en a de plus jolies que
moi ; & quand elles seroient la moitié
moins jolies, cela leur fait plus de profit
qu'à moi d'être tout-à-fait belle : j'en vois

Ici de laides qui font si bien aller leur visage, qu'on y est trompé.

FLAMINIA.

Oui : mais le vôtre va tout seul, & cela est charmant.

SILVIA.

Bon, moi, je ne parois rien, je suis toute d'une piece auprès d'elles, je demeure-là, je ne vais ni ne viens ; au lieu qu'elles, elles font d'une humeur joyeuse, elles ont des yeux qui caressent tout le monde ; elles ont une mine hardie, une beauté libre qui ne se gêne point, qui est sans façon : cela plaît davantage que non pas une honteuse comme moi, qui n'ose pas regarder les gens, & qui est confuse qu'on la trouve belle.

FLAMINIA.

Eh ! voilà justement ce qui touche le Prince, voilà ce qu'il estime ; c'est cette ingénuité, cette beauté simple, ce font ces graces naturelles: eh, croyez-moi, ne louez pas tant les femmes d'ici, car elles ne vous louent guéres.

SILVIA.

Qu'est-ce donc qu'elles disent ?

FLAMINIA.

Des impertinences ; elles se moequent de vous, raillent le Prince, lui demandent comment se porte sa beauté rus-

tique. Y a-t-il de visage plus commun, di-
soient l'autre jour ces jalouses entr'elles,
de taille plus gauche? Là-dessus l'une vous
prenoit par les yeux, l'autre par la bou-
che; il n'y avoit pas jusqu'aux hommes
qui ne vous trouvoient pas trop jolie; j'é-
tois dans une colere....

SILVIA *fâchée.*

Pardi, voilà de vilains hommes, de
trahir comme cela leur pensée, pour plaire à ces sottes-là?

FLAMINIA.

Sans difficulté.

SILVIA.

Que je hais ces femmes-là! mais puisque je suis si peu agréable à leur compte,
pourquoi donc est-ce que le Prince m'aime, & qu'il les laisse-là?

FLAMINIA.

Oh! elles sont persuadées qu'il ne vous
aimera pas long-tems, que c'est un caprice
ce qui lui passera, & qu'il en rira tout le
premier.

SILVIA *piquée, & après avoir*
un peu regardé Flaminia.

Hum, elles sont bienheureuses que j'aime Arlequin, sans cela j'aurois grand plaisir à les faire mentir ces babillardes-là.

FLAMINIA.

Ah, qu'elles mériteroient bien d'être

punies! je leur ai dit, vous faites ce que
vous pouvez pour faire renvoyer Silvia,
& pour plaire au Prince ; & si elle vouloit,
il ne daigneroit pas vous regarder.

SILVIA.

Pardi, vous voyez-bien ce qui en est,
il ne tient qu'à moi de les confondre.

FLAMINIA.

Voilà de la compagnie qui vous vient.

SILVIA.

Eh! je crois que c'est cet Officier, dont
je vous ai parlé, c'est lui-même, voyez la
belle phisionomie d'homme.

SCENE II.

LE PRINCE *sous le nom d'Officier
du Palais*, & LISETTE *sous le nom
de Dame de la Cour, & les Acteurs pré-
cédens.*

*Le Prince en voyant Silvia, salue
avec beaucoup de soumission.*

SILVIA.

COmment, vous voilà, Monsieur?
vous sçaviez donc bien que j'étois
ici?

LE PRINCE.

Oui, Mademoiselle, je le fçavois; mais vous m'aviez dit de ne plus vous voir, & je n'aurois ofé paroître fans Madame, qui a fouhaité que je l'accompagnaffe, & qui a obtenu du Prince l'honneur de vous faire la révérence.

La Dame ne dit mot, & regarde feulement Silvia avec attention, Flaminia & elles fe font des mines.

SILVIA *doucement.*

Je ne fuis pas fâchée de vous revoir, & vous me trouvez bien trifte ; à l'égard de cette Dame, je la remercie de la volonté qu'elle a de me faire une révérence, je ne mérite pas cela ; mais qu'elle me la faffe, puifque c'eft fon defir, je lui en rendrai une comme je pourrai, elle excufera fi je la fais mal.

LISETTE.

Oui, ma mie, je vous excuferai de bon cœur, je ne vous demande pas l'impoffible.

SILVIA *répétant d'un air fâché, & à part, & faifant une révérence.*

Je ne vous demande pas l'impoffible, quelle maniere de parler !

LISETTE.

Quel âge avez-vous, ma fille ?

SILVIA

SILVIA *piquée.*

Je l'ai oublié, ma mere.

FLAMINIA *à Silvia.*

Bon.

Le Prince paroît, & affecte d'être surpris.

LISETTE.

Elle se fâche, je pense?

LE PRINCE.

Mais, Madame, que signifient ces discours-là? sous prétexte de venir saluer Silvia, vous lui faites une insulte!

LISETTE.

Ce n'est pas mon dessein ; j'avois la curiosité de voir cette petite fille qu'on aime tant ; qui fait naître une si forte passion , & je cherche ce qu'elle a de si aimable ; on dit qu'elle est naïve, c'est un agrément campagnard qui doit la rendre amusante , priez-là de nous donner quelques traits de naïveté ; voyons son esprit.

SILVIA.

Eh non, Madame, ce n'est pas la peine ! il n'est pas si plaisant que le vôtre.

LISETTE *en riant.*

Ah, ah, vous demandiez du naïf, en voilà.

LE PRINCE.

Allez vous-en, Madame.

Double Inconstance.　　　F

SILVIA

Cela m'impatiente à la fin, & si elle ne
s'en va, je me fâcherai tout de bon.

LE PRINCE à *Lisette.*

Vous vous repentirez de votre procédé.

LISETTE *en se retirant d'un*
air dédaigneux.

Adieu, un pareil objet me vange assez
de celui qui en a fait choix.

SCENE III.

LE PRINCE, FLAMINIA,
SILVIA.

FLAMINIA.

VOilà une créature bien effrontée !

SILVIA.

Je suis outrée, j'ai bien affaire qu'on
m'enleve pour se mocquer de moi, cha-
cun a son prix, ne semble-t'il pas que je
ne vaille pas bien ces femmes-là ? je ne
voudrois pas être changée contr'elles.

FLAMINIA.

Bon, ce font des complimens que les
injures de cette jalouse-là.

LE PRINCE.

Belle Silvia, cette femme-là nous a

trompez le Prince & moi, vous m'en voyez au défefpoir, n'en doutez pas ; vous fçavez que je fuis pénétré de refpect pour vous ; vous connoiffez mon cœur, je venois ici pour me donner la fatisfaction de vous voir, pour jetter encore une fois les yeux fur une perfonne fi chere, & reconnoître notre fouveraine ; mais je ne prends pas garde que je me découvre, que Flaminia m'écoute, & que je vous importune encore,

FLAMINIA *d'un air naturel.*

Quel mal faites-vous, ne fçai-je pas bien qu'on ne peut la voir fans l'aimer.

SILVIA.

Et moi je voudrois qu'il ne m'aimât pas, car j'ai du chagrin de ne pouvoir lui rendre le change ; encore fi c'étoit un homme comme tant d'autres, à qui on dit ce qu'on veut ; mais il eft trop agréable pour qu'on le maltraite lui, il a toujours été comme vous le voyez.

LE PRINCE.

Ah, que vous êtes obligeante, Silvia ! Que puis-je faire pour mériter ce que vous venez de me dire, fi ce n'eft de vous aimer toujours !

SILVIA.

Eh bien, aimez-moi, à la bonne heure, j'y aurai du plaifir, pourvû que vous

F ij

promettiez de prendre votre mal en pā= tience ; car je ne fçaurois mieux faire, en vérité : Arlequin eſt venu le premier, voilà tout ce qui vous nuit ; ſi j'avois de- viné que vous viendriez après lui, en bon- ne foi je vous aurois attendu ; mais vous avez du malheur, & moi je ne ſuis pas heureuſe.

LE PRINCE.

Flaminia, je vous en fais juge, pour- roit-on ceſſer d'aimer Silvia, connoiſſez- vous de cœur plus compatiſſant, plus gé- néreux que le ſien ? Non, la tendreſſe d'une autre me toucheroit moins que la ſeule bonté qu'elle a de me plaindre.

SILVIA à *Flaminia*.

Et moi, je vous en fais juge auſſi, là ; vous l'entendez ; comment ſe comporter avec un homme qui me remercie tou- jours, qui prend tout ce qu'on lui dit en bien ?

FLAMINIA.

Franchement, il a raiſon, Silvia, vous êtes charmante, & à ſa place je ſerois tout comme il eſt.

SILVIA.

Ah ça, n'allez pas l'attendrir encore, il n'a pas beſoin qu'on lui diſe tant que je ſuis jolie, il le croit aſſez. *Au Prince.* Croyez- moi, tâchez de m'aimer tranquillement ;

& vangez-moi de cette femme qui m'a
injuriée.

LE PRINCE.

Oui, ma chere Silvia, j'y cours ; à mon
égard, de quelque façon que vous me trai-
tiez, mon parti eft pris, j'aurai du moins
le plaifir de vous aimer toute ma vie..

SILVIA.

Oh, je m'en doutois bien, je vous connois.

FLAMINIA.

Allez, Monfieur, hâtez-vous d'informer
le Prince du mauvais procédé de la Dame
en queftion ; il faut que tout le monde
fçache ici le refpect qui eft dû à Silvia.

LE PRINCE.

Vous aurez bientôt de mes nouvelles.

SCENE IV.

SILVIA, FLAMINIA.

FLAMINIA.

VOus, ma chere, pendant que je vais
chercher Arlequin, qu'on retient
peut-être un peu trop long-tems à table,
allez effayer l'habit qu'on vous a fait, il
me tarde de vous le voir.

SILVIA.

Tenez, l'étoffe eft belle, elle m'ira bien,

mais je ne veux point de tous ces habits-là, car le Prince me veut en troc, & jamais nous ne finirons ce marché-là.

FLAMINIA.

Vous vous trompez, quand il vous quitteroit, vous emporteriez tout ; vraiment vous ne le connoiffez pas.

SILVIA.

Je m'en vais donc fur vôtre parole, pourvû qu'il ne me dife pas après, pourquoi as-tu pris mes préfens?

FLAMINIA,

Il vous dira, pourquoi n'en avoir pas pris davantage?

SILVIA.

En ce cas-là, j'en prendrai tant qu'il voudra, afin qu'il n'ait rien à me dire.

FLAMINIA,

Allez, je réponds de tout.

SCENE V.

FLAMINIA, ARLEQUIN,
tout éclatant de rire.

FLAMINIA.

IL me femble que les chofes commencent à prendre forme ; voici Arlequin, en vérité je ne fçai, mais fi ce petit homme venoit à m'aimer, j'en profiterois de bon cœur.

ARLEQUIN *riant.*

Ah, ah, ah, bon jour mon amie.

FLAMINIA *en souriant.*

Bon jour, Arlequin, dites-moi donc de quoi vous riez, afin que j'en rie auſſi?

ARLEQUIN.

C'eſt que mon valet Trivelin, que je ne paye point, m'a mené par toutes les chambres de la maiſon, où l'on trotte comme dans les rues, où l'on jaſe comme dans notre Halle, ſans que le maître de la maiſon s'embarraſſe de tous ces viſages-là, & qui viennent chez lui ſans lui donner le bon jour, qui vont le voir manger, ſans qu'il leur diſe voulez-vous boire un coup? Je me divertiſſois de ces originaux là en revenant, quand j'ai vû un grand coquin qui a levé l'habit d'une Dame par derriere. Moi j'ai crû qu'il lui faiſoit quelque niche, & je lui ai dit bonnement: arrêtez-vous, poliſſon, vous badinez malhonnêtement. Elle qui m'a entendu, s'eſt retournée, & m'a dit: Ne voyez-vous pas bien qu'il me porte la queue? Et pourquoi vous la laiſſez-vous porter cette queue, ai-je repris? Sur cela le poliſſon s'eſt mis à rire, la Dame rioit, Trivelin rioit, tout le monde rioit, par compagnie je me ſuis mis à rire auſſi. A cette heure je vous demande pourquoi nous avons ri tous ?

FLAMINIA.

D'une bagatelle : c'eſt que vous ne ſçavez pas que ce que vous avez vû faire à
ce laquais eſt un uſage parmi les Dames.

ARLEQUIN.

C'eſt donc encore un honneur ?

FLAMINIA.

Oui, vraiment.

ARLEQUIN.

Pardi, j'ai donc bien fait d'en rire ; car
cet honneur-là eſt bouffon & à bon marché.

ELAMINIA.

Vous êtes gai, j'aime à vous voir comme cela ; avez - vous bien mangé depuis
que je vous ai quitté ?

ARLEQUIN.

Ah ! morbleu qu'on a apporté de frian-
des drogues ! que le Cuiſinier d'ici fait de
bonnes fricaſſées ! Il n'y a pas moyen de
tenir contre ſa cuiſine ; j'ai tant bû à la
ſanté de Silvia & de vous, que ſi vous
êtes malade, ce ne ſera pas ma faute.

FLAMINIA.

Quoi vous vous êtes encore reſſouvenu
de moi ?

ARLEQUIN.

Quand j'ai donné mon amitié à quelqu'un, jamais je ne l'oublie, ſur-tout, à
table

table. Mais à propos de Silvia, eſt-elle encore avec ſa mere ?

TRIVELIN.

Mais, Seigneur Arlequin, ſongerez-
vous toujours à Silvia ?

ARLEQUIN.

Taiſez-vous, quand je parle.

FLAMINIA.

Vous avez tort, Trivelin.

TRIVELIN.

Comment, j'ai tort ?

FLAMINIA.

Oui : pourquoi l'empêchez-vous de
parler de ce qu'il aime ?

TRIVELIN.

A ce que je vois, Flaminia, vous vous
ſouciez beaucoup des intérêts du Prince.

FLAMINIA, *comme épou-*
vantée.

Arlequin, cet homme-là me fera des
affaires à cauſe de vous.

ARLEQUIN *en colere.*

Non, ma bonne. *A Trivelin.* Ecoute ;
je ſuis ton maître, car tu me l'as dit, je
n'en ſçavois rien, fainéant que tu es, s'il
t'arrive de faire le rapporteur, & qu'à cauſe de toi on faſſe ſeulement la moue à
cette honnête fille-là, c'eſt deux oreilles
que tu auras de moins, je te les garantis
dans ma poche.

Double Inconſtance.   G

TRIVELIN.

Je ne fuis pas à cela près , & je veux
faire mon devoir.

ARLEQUIN.

Deux oreilles, entens-tu bien à préfent?
Va-t'en.

TRIVELIN.

Je vous pardonne tout à vous , car enfin
il le faut : mais vous me le payeréz , Flaminia.

> *Arlequin veut retourner fur lui ,*
> *& Flaminia l'arrête : quand*
> *il eft revenu , il dit.*

SCENE VI.

ARLEQUIN, FLAMINIA.

ARLEQUIN.

CEla eft terrible ! je n'ai trouvé ici
qu'une perfonne qui entende la raifon, & l'on vient chicaner ma converfa-
tion avec elle : ma chere Flaminia, à préfent parlons de Silvia à notre aife : quand
je ne la vois point , il n'y a qu'avec vous
que je m'en paffe.

FLAMINIA *d'un air fimple.*

Je ne fuis point ingratte , il n'y a rien
que je ne fiffe pour vous rendre contens
tous deux , & d'ailleurs vous êtes fi efti-

mable, Arlequin, que quand je vois qu'on vous chagrine, je souffre autant que vous.

ARLEQUIN.

La bonne sorte de fille! toutes les fois que vous me plaignez, cela m'appaise, je suis la moitié moins fâché d'être triste.

FLAMINIA.

Pardi, qui est-ce qui ne vous plaindroit pas ? qui est-ce qui ne s'interesseroit pas à vous ? vous ne connoissez pas ce que vous valez, Arlequin.

ARLEQUIN.

Cela se peut bien, je n'y ai jamais regardé de si près.

FLAMINIA.

Si vous sçaviez combien il m'est cruel de n'avoir point de pouvoir, si vous lisiez dans mon cœur.

ARLEQUIN.

Hé! je ne sçai point lire, mais vous me l'expliquerez ; par la mardi je voudrois n'être plus affligé, quand ce ne seroit que pour l'amour du souci que cela vous donne : mais cela viendra.

FLAMINIA *d'un ton triste.*

Non, je ne serai jamais témoin de votre contentement, voilà qui est fini : Trivelin causera, l'on me séparera d'avec vous, & que sçais-je moi où l'on m'emmenera ? Arlequin, je vous parle peut-être pour la derniere fois, & il n'y a plus de plaisir pour moi dans le monde.

ARLEQUIN *triste.*

Pour la derniere fois ! j'ai donc bien du guignon ? je n'ai qu'une pauvre maîtresse, ils me l'ont emportée , vous emporte-roient-ils encore ? & où est-ce que je pren-drai du courage pour endurer tout cela ? Ces gens-là croyent-ils que j'ai un cœur de fer ? ont-ils entrepris mon trépas ? se-ront-ils si barbares ?

FLAMINIA.

En tout cas j'espere que vous n'oublie-rez jamais Flaminia , qui n'a rien tant sou-haité que votre bonheur.

ARLEQUIN.

Ma mie, vous me gagnez le cœur, con-seillez-moi dans ma peine , avisons-nous, quelle est votre pensée ? Car je n'ai point d'esprit moi quand je suis fâché ; il faut que j'aime Silvia , il faut que je vous gar-de , il ne faut pas que mon amour pâtisse de notre amitié , ni notre amitié de mon amour , & me voilà bien embarrassé.

FLAMINIA.

Et moi bien malheureuse ; depuis que j'ai perdu mon amant je n'ai eu de repos qu'en votre compagnie, je respire avec vous, vous lui ressemblez tant , que je crois quelquefois lui parler ; je n'ai vû dans le monde que vous & lui de fi aimables.

ARLEQUIN.

Pauvre fille ! il eft fâcheux que j'aime
Silvia, fans cela je vous donnerois de bon
cœur la reffemblance de votre amant. C'é-
toît donc un joli garçon ?

FLAMINIA.

Ne vous aï-je pas dit qu'il étoit fait
comme vous, que vous êtes fon portrait ?

ARLEQUIN.

Et vous l'aimiez donc beaucoup ?

FLAMINIA.

Regardez-vous Arlequin, voyez combien vous méritez d'être aimé, & vous
verrez combien je l'aimois.

ARLEQUIN.

Je n'ai vû perfonne répondre fi doucement que vous, votre amitié fe met par-
tout ; je n'aurois jamais crû être fi joli que
vous le dites : mais puifque vous aimiez
tant ma copie, il faut bien croire que l'o-
riginal mérite quelque chofe.

FLAMINIA.

Je crois que vous m'auriez encore plû
davantage : mais je n'aurois pas été affez
bell e pour vous.

ARLEQUIN avec feu.

Par la fambille, je vous trouve charmante avec cette penfée-là.

FLAMINIA.

Vous me troublez, il faut que je vous quitte, je n'ai que trop de peine à m'arracher d'auprès de vous : mais où cela nous conduiroit-il? Adieu, Arlequin, je vous verrai toujours si on me le permet, je ne sçai où je suis.

ARLEQUIN.

Je suis tout de même.

FLAMINIA.

J'ai trop de plaisir à vous voir.

ARLEQUIN.

Je ne vous refuse pas ce plaisir-là moi, regardez-moi à votre aise, je vous rendrai la pareille.

FLAMINIA s'en allant.

Je n'oserois : adieu.

ARLEQUIN regardant sortir Flaminia.

Ce pays-ci n'est pas digne d'avoir cette fille-là ; si par quelque malheur Silvia venoit à manquer, dans mon désespoir je crois que je me retirerois avec elle.

SCENE VII.

TRIVELIN arrive avec un SEIGNEUR qui vient derriere lui, ARLEQUIN.

TRIVELIN.

SEigneur Arlequin, n'y a-t'il point de risque à reparoître? n'est ce point compromettre mes épaules ? car vous jouez merveilleusement de votre épée de bois.

ARLEQUIN.

Je serai bon, quand vous serez sage.

TRIVELIN.

Voilà un Seigneur qui demande à vous parler.

Le Seigneur approche & fait des ré-
vérences, qu'Arlequin lui rend.

ARLEQUIN *à part.*

J'ai vû cet homme-là quelque part.

LE SEIGNEUR.

Je viens vous demander une grace ; mais ne vous incommoderai - je point, Monsieur Arlequin ?

ARLEQUIN.

Non, Monsieur, vous ne me faites ni bien ni mal, en vérité. *Et voyant le Sei-* *gneur qui se couvre.* Vous n'avez seulement qu'à me dire si je dois aussi mettre mon chapeau.

LE SEIGNEUR.

De quelque façon que vous soyez, vous me ferez honneur.

ARLEQUIN *se couvrant.*

Je vous crois, puisque vous le dites. Que souhaite de moi votre Seigneurie ? mais ne me faites point de complimens, ce se-roit autant de perdu, car je n'en sçai point rendre.

LE SEIGNEUR.

Ce ne font point des complimens, mais des témoignages d'eſtime.

ARLEQUIN.

Galbanum que tout cela, votre viſage ne m'eſt point nouveau, Monſieur; je vous ai vû quelque part à la chaſſe, où vous jouiez de la trompette; je vous ai ôté mon chapeau en paſſant, & vous me devez ce coup de chapeau-là.

LE SEIGNEUR.

Quoi! je ne vous ſaluai point?

ARLEQUIN.

Pas un brin.

LE SEIGNEUR.

Je ne m'apperçus donc pas de votre honnêteté?

ARLEQUIN.

Oh que ſi; mais vous n'aviez pas de grace à me demander; voilà pourquoi je perdis mon étalage.

LE SEIGNEUR.

Je ne me reconnois point à cela.

ARLEQUIN.

Ma foi, vous n'y perdez rien; mais que vous plaît-il?

LE SEIGNEUR.

Je compte ſur votre bon cœur; voici ce que c'eſt: j'ai eu le malheur de parler cavaliérement de vous devant le Prince....

ARLEQUIN.

Vous n'avez encore qu'à ne vous pas reconnoître à cela?

LE SEIGNEUR.

Oui, mais le Prince s'est fâché contre moi.

ARLEQUIN.

Il n'aime donc pas les médifans?

LE SEIGNEUR.

Vous le voyez-bien.

ARLEQUIN.

Oh, oh, voilà qui me plaît; c'est un honnête homme, s'il ne me retenoit pas ma maîtreſſe, je ferois fort contens de lui. Et que vous a-t'il dit, que vous étiez un mal-apris?

LE SEIGNEUR.

Oui.

ARLEQUIN.

Cela eſt très-raiſonnable : de quoi vous plaignez-vous?

LE SEIGNEUR.

Ce n'eſt pas-là tout : Arlequin, m'a-t'il répondu, eſt un garçon d honneur, je veux qu'on l'honore, puiſque je l'eſtime; la franchiſe & la ſimplicité de ſon caractere, ſont des qualités que je voudrois que vous euſſiez tous; je nuis à ſon amour, & je ſuis au déſeſpoir que le mien m'y force.

ARLEQUIN attendri.

Par la morbleu, je ſuis ſon ſerviteur;

franchement , je fais cas de lui , & je croyois être plus en colere contre lui que je ne le suis.

LE SEIGNEUR.

Ensuite il m'a dit de me retirer , mes amis là-dessus ont tâché de le fléchir pour moi.   ARLEQUIN.

Quand ces amis-là s'en iroient aussi avec vous , il n'y auroit pas grand mal ; car, dis-moi qui tu hantes , & je te dirai qui tu es.

LE SEIGNEUR.

Il s'est aussi fâché contr'eux.

ARLEQUIN.

Que le Ciel bénisse cet homme de bien ; il a vuidé là sa maison d'une mauvaise graine de gens.

LE SEIGNEUR.

Et nous ne pouvons reparoître tous qu'à condition que vous demandiez notre grace.

ARLEQUIN.

Par ma foi , Messieurs , allez où il vous plaira , je vous souhaite un bon voyage.

LE SEIGNEUR.

Quoi, vous refuserez de prier pour moi ? si vous n'y consentiez pas , ma fortune seroit ruinée ; à présent qu'il ne m'est plus permis de voir le Prince , que ferois-je à la Cour : il faudra que je m'en aille dans mes

Terres ; car je suis comme exilé.

LE SEIGNEUR.

Comment être exilé, ce n'est dont point vous faire d'autre mal, que de vous envoyer manger votre bien chez vous ?

LE SEIGNEUR.

Vraiment non, voilà ce que c'est.

ARLEQUIN.

Et vous vivrez-là paix & aise : vous ferez vos quatre repas comme à l'ordinaire ?

LE SEIGNEUR.

Sans doute, qu'y a-t'il d'étrange à cela ?

ARLEQUIN.

Ne me trompez - vous pas ? est-il sûr qu'on est exilé quand on médit ?

LE SEIGNEUR.

Cela arrive assez souvent.

ARLEQUIN *saute d'aise.*

Allons, voilà qui est fait, je m'en vais médire du premier venu, & j'avertirai Silvia & Flaminia d'en faire autant.

LE SEIGNEUR.

Et la raison de cela ?

ARLEQUIN.

Parce que je veux aller en exil moi ; de la maniere dont on punit les gens ici, je vais gager qu'il y a plus de gain à être puni, que récompensé.

LE SEIGNEUR.

Quoiqu'il en soit, épargnez moi cette

punition-là, je vous prie ; d'ailleurs ce que
j'ai dit de vous n'eſt pas grand'choſe.

ARLEQUIN.

Qu'eſt-ce que c'eſt ?

LE SEIGNEUR.

Une bagatelle, vous dis je.

ARLEQUIN.

Mais voyons.

LE SEIGNEUR.

J'ai dit que vous aviez l'air d'un homme ingenu, ſans malice, là d'un garçon
de bonne foi.

ARLEQUIN *rit de tout*
ſon cœur.

L'air d'un innocent, pour parler à la
franquette : mais qu'eſt-ce que cela fait ?
Moi j'ai l'air d'un innocent, vous, vous
avez l'air d'un homme d'eſprit ; hé bien à
cauſe de cela faut-il s'en fier à notre air ?
N'avez-vous rien dit que cela ?

LE SEIGNEUR.

Non, j'ai ajouté ſeulement que vous
donniez la comédie à ceux qui vous par-
loient.

ARLEQUIN.

Pardi, il faut bien vous donner votre
revanche à vous autres. Voilà donc tout.

LE SEIGNEUR.

Oui.

ARLEQUIN.

C'eſt ſe mocquer , vous ne méritez pas
d'être exilé , vous avez cette bonne for-
tune-là pour rien.

LE SEIGNEUR.

N'importe , empêchez que je ne le ſois ;
un homme comme moi ne peut demeurer
qu'à la Cour , il n'eſt en conſidération , il
n'eſt en état de pouvoir ſe vanger de ſes
envieux qu'autant qu'il ſe rend agréable
au Prince , & qu'il cultive l'amitié de ceux
qui gouvernent les affaires.

ARLEQUIN.

J'aimerois mieux cultiver un bon champ ;
cela rapporte toujours un peu ou prou , &
je me doute que l'amitié de ces gens-là
n'eſt pas aiſée à avoir ni à garder.

LE SEIGNEUR.

Vous avez raiſon dans le fond : ils ont
quelquefois des caprices fâcheux ; mais on
n'oſeroit s'en reſſentir , on les menage ,
on eſt ſouple avec eux , parce que c'eſt
par leur moyen que vous vous vangez des
autres.

ARLEQUIN.

Quel trafic ! C'eſt juſtement recevoir
des coups de bâton d'un côté , pour avoir
le privilege d'en donner d'un autre ; voilà
une drôle de vanité ! A vous voir ſi hum-
bles , vous autres , on ne croiroit jamais

que vous êtes si glorieux ?

LE SEIGNEUR.

Nous sommes élevés là-dedans. Mais écoutez, vous n'aurez point de peine à me remettre en faveur, car vous connoissez bien Flaminia ?

ARLEQUIN.

Oui, c'est mon intime.

LE SEIGNEUR.

Le Prince a beaucoup de bienveillance pour elle, elle est la fille d'un de ses Officiers, & je me suis imaginé de lui faire sa fortune, en la mariant à un petit cousin que j'ai à la campagne, que je gouverne & qui est riche. Dites-le au Prince, mon dessein me conciliera ses bonnes graces.

ARLEQUIN.

Oui, mais ce n'est pas-là le chemin des miennes ; car je n'aime point qu'on épouse mes amies moi, & vous n'imaginez rien qui vaille avec votre petit cousin.

LE SEIGNEUR.

Je croyois....

ARLEQUIN.

Ne croyez plus.

LE SEIGNEUR.

Je renonce à mon projet.

ARLEQUIN.

N'y manquez pas, je vous promets

mon interceſſion, ſans que le petit couſin s'en mêle.

LE SEIGNEUR.

Je vous aurai beaucoup d'obligation, j'attens l'effet de vos promeſſes : adieu, Monſieur Arlequin.

ARLEQUIN.

Je ſuis votre ſerviteur ; diantre je ſuis en crédit, car on fait ce que je veux. Il ne faut rien dire à Flaminia du couſin.

SCENE VIII.

ARLEQUIN, FLAMINIA.

FLAMINIA arrive.

MOn cher, je vous amene Silvia, elle me ſuit.

ARLEQUIN.

Mon amie, vous deviez bien venir m'avertir plutôt, nous l'aurions attendue en cauſant enſemble.

SCENE   IX.

SILVIA, ARLEQUIN, FLAMINIA.

SILVIA.

BOn jour, Arlequin, ah que je viens d'eſſayer un bel habit ! Si vous me voyez, en vérité vous me trouveriez jolie ; demandez à Flaminia. Ah, ah ! si je portois ces habits-là, les femmes d'ici seroient bien attrapées, elles ne diroient pas que je l'air gauche. Oh que les ouvrieres d'ici sont habiles !

ARLEQUIN.

Ah mamour ! elles ne sont pas si habiles que vous êtes bien-faite.

SILVIA.

Si je suis bien faite, Arlequin, vous n'êtes pas moins honnête.

FLAMINIA.

Du moins ai-je le plaisir de vous voir un peu plus content à présent.

SILVIA.

Eh Dame, puisqu'on nous gêne plus ; j'aime autant être ici qu'ailleurs ; qu'est-ce que cela fait d'être là ou là ? on s'aime par-tout.

ARLEQUIN.

Comment nous gêner ? on envoye les gens me demander pardon pour la moindre impertinence qu'ils disent de moi.

SILVIA *d'un air content.*

J'attens une Dame aussi moi qui viendra devant moi se repentir de ne m'avoir pas trouvée belle.

FLAMINIA.

Si quelqu'un vous fâche dorénavant, vous n'avez qu'à m'en avertir.

ARLEQUIN.

ARLEQUIN.

Pour cela, Flaminia nous aime comme
si nous étions freres & sœurs. *Il dit cela
à Flaminia.* Aussi de notre part c'est qu'eu-
ci, qu'eumi.

SILVIA.

Devinez, Arlequin, qui j'ai encore
rencontré ici ? mon amoureux qui venoit
me voir chez nous, ce grand Monsieur si
bien tourné ; je veux que vous soyez amis
ensemble, car il a bon cœur aussi.

ARLEQUIN *d'un air né-*
* gligent.

A la bonne heure, je suis de tous bons
accords.

SILVIA.

Après tout, quel mal y a-t'il qu'il me
trouve à son gré ? Prix pour prix, les gens
qui nous aiment font de meilleure compagnie que ceux qui ne se soucient pas de
nous, n'est-il pas vrai ?

FLAMINIA.

Sans doute.

ARLEQUIN *gayement.*

Mettons encore Flaminia, elle se fou-
cie de nous, & nous serons partie quar-
rée.

FLAMINIA.

Arlequin, vous me donnez-là une marque d'amitié que je n'oublierai point.

Double Inconstance. H

ARLEQUIN.

Ah ça , puifque nous voilà enfemble ,
allons faire collation , cela amufe.

SILVIA.

Allez , allez , Arlequin ; à cette heure
que nous nous voyons quand nous vou-
lons , ce n'eft pas la peine de nous ôter
notre liberté à nous-mêmes , ne vous gê-
nez point.

Arlequin fait figne à Flaminia
de venir.

FLAMINIA *fur fon gefte dit,*

Je m'en vais avec vous , auffi-bien voilà
quelqu'un qui entre & qui tiendra compagnie à Silvia.

SCENE X.

LISETTE *entre avec quelques femmes*
pour témoins de ce qu'elle va faire, &
qui reftent derriere, SILVIA.
Lifette fait de grandes révérences.

SILVIA *d'un air un peu*
piqué.

NE faites point tant de révérences ,
Madame, cela m'exemptera de vous
en faire , je m'y prends de fi mauvaife
grace, à votre fantaifie.

LISETTE *d'un ton triste.*

On ne vous trouve que trop de mérite.

SILVIA.

Cela se passera, ce n'est pas moi qui ai
envie de plaire telle que vous me voyez ;
il me fâche assez d'être si jolie, & que
vous ne soyez pas assez belle.

LISETTE.

Ah quelle situation !

SILVIA.

Vous soupirez à cause d'une petite vil-
lageoise, vous êtes bien de loisir ; & où
avez-vous mis votre langue de tantôt,
Madame ? est-ce que vous n'avez plus de
caquet quand il faut bien dire ?

LISETTE.

Je ne puis me résoudre à parler.

SILVIA.

Gardez donc le silence ; car quand vous
vous lamenteriez jusqu'à demain, mon
visage n'empirera pas, beau ou laid, il
restera comme il est, qu'est-ce que vous
me voulez ? est-ce que vous ne m'avez pas
assez querellée ? Eh bien achevez, pre-
nez-en votre suffisance ?

LISETTE.

Epargnez-moi, Mademoiselle, l'em-
portement que j'ai eu contre vous, a mis
toute ma famille dans l'embarras ; le Prince m'oblige à venir vous faire une répa-

ration, & je vous prie de la recevoir fans me railler.

SILVIA.

Voilà qui eft fini, je ne me mocquerai plus de vous, je fçai bien que l'humilité n'accommode pas les glorieux : mais la rancune donne de la malice. Cependant je plains votre peine, & je vous pardonne : de quoi auffi vous avifiez-vous de me méprifer ?

LISETTE.

J'avois cru m'appercevoir que le Prince avoit quelqu'inclination pour moi, & je ne croyois pas en être indigne : mais je vois bien que ce n'eft pas toujours aux agrémens qu'on fe rend.

SILVIA *d'un ton vif.*

Vous verrez que c'eft à la laideur & à la mauvaife façon, à caufe qu'on fe rend à moi. Comme ces jaloufes ont l'efprit tourné !

LISETTE.

Eh bien, oui, je fuis jaloufe, il eft vrai : mais puifque vous n'aimez pas le Prince, aidez-moi à le remettre dans les difpofitions où j'ai cru qu'il étoit pour moi : il eft fûr que je ne lui déplaifois pas, & je le guérirai de l'inclination qu'il a pour vous, fi vous me laiffez faire.

SILVIA *d'un air piqué.*

Croyez-moi , vous ne le guérirez de rien ; mon avis est que cela vous passe.

LISETTE.

Cependant cela me paroît possible ; car enfin je ne suis ni si mal adroite , ni si dé-sagréable.

SILVIA.

Tenez , tenez parlons d'autre chose ; vos bonnes qualités m'ennuyent.

LISETTE.

Vous me répondez d'une étrange ma-niere ; quoi qu'il en soit , avant qu'il soit quelques jours , nous verrons si j'ai si peu de pouvoir.

SILVIA *vivement.*

Oui , nous verrons des balivernes. Par-di , je parlerai au Prince ; il n'a pas enco-re osé me parler lui , à cause que je suis trop fâchée : mais je lui ferai dire qu'il s'enhardisse , seulement pour voir.

LISETTE.

Adieu , Mademoiselle , chacune de nous fera ce qu'elle pourra. J'ai satisfait à ce qu'on exigeoit de moi à votre égard , & je vous prie d'oublier tout ce qui s'est passé entre nous.

SILVIA *brusquement.*

Marchez , marchez , je ne sçai pas seu-lement si vous êtes au monde.

SCENE XI.

SILVIA , FLAMINIA.

FLAMINIA.

QU'avez-vous, Silvia ? vous êtes bien
émue.

SILVIA.

J'ai, que je suis en colere ; cette imper-
tinente femme de tantôt est venue pour
me demander pardon , & sans faire semblant de rien , voyez la méchanceté, elle
m'a encore fâchée , m'a dit que c'étoit à
ma laideur qu'on se rendoit, qu'elle étoit
plus agréable , plus adroite que moi ,
qu'elle feroit bien passer l'amour du Prince , qu'elle alloit travailler pour cela ; que
je verrai pati , pata ; que sçai - je moi
tout ce qu'elle a mis en avant contre mon
visage ? Est-ce que je n'ai pas raison d'être
piquée ?

FLAMINIA *d'un air vif*
& d'intérêt.

Ecoutez, si vous ne faites taire tous ces
gens-là , il faut vous cacher pour toute
votre vie.

SILVIA.

Je ne manque pas de bonne volonté ; mais c'eſt Arlequin qui m'embarraſſe.

FLAMINIA.

Eh je vous entens ; voilà un amour auſſi mal placé, qui ſe rencontre-là auſſi mal à propos qu'on le puiſſe.

SILVIA.

Oh j'ai toujours eu du guignon dans les rencontres.

FLAMINIA.

Mais ſi Arlequin vous voit ſortir de la Cour & mépriſée, penſez-vous que cela le réjouiſſe ?

SILVIA.

Il ne m'aimera pas tant, voulez-vous dire ?

FLAMINIA.

Il y a tout à craindre.

SILVIA.

Vous me faites rêver à une choſe ; ne trouvez-vous pas qu'il eſt un peu négligent depuis que nous ſommes ici ? Il m'a quitté tantôt pour aller goûter ; voilà une belle excuſe ?

FLAMINIA.

Je l'ai remarqué comme vous, mais ne me trahiſſez pas au moins, nous nous parlons de fille à fille, dites-moi, après tout, l'aimez-vous tant, ce garçon ?

S I L V I A *d'un air indifférent.*

Mais vraiment, oui, je l'aime, il le faut
bien.

F L A M I N I A.

Voulez-vous que je vous dife ? Vous
me paroiffez mal affortis enfemble. Vous
avez du goût, de l'efprit, l'air fin & dif-
tingué ; il a l'air pefant, les manieres
groffieres, cela ne quadre point ; & je ne
comprens pas comment vous l'avez aimé ;
je vous dirai même que cela vous fait
tort.

S I L V I A.

Mettez-vous à ma place ; c'étoit le garçon le plus paffable de nos cantons, il de-
meuroit dans mon village, il étoit mon
voifin, il eft affez facétieux, je fuis de
bonne humeur, il me faifoit quelquefois
rire, il me fuivoit partout, il m'aimoit,
j'avois coutume de le voir, & de coutume en coutume je l'ai aimé auffi faute de
mieux : mais j'ai toujours bien vû qu'il
étoit enclin au vin & à la gourmandife.

F L A M I N I A.

Voilà de jolies vertus, furtout dans l'a-
mant de l'aimable & tendre Silvia ! Mais
à quoi vous déterminez-vous donc ?

S I L V I A.

Je ne puis que dire, il me paffe tant de
oui & de non par la tête, que je ne fçai
auquel

auquel entendre. D'un côté Arlequin est
un petit négligent qui ne songe ici qu'à
manger ; d'un autre côté, si on me renvoye, ces glorieuses de femmes feront
accroire partout qu'on m'aura dit : Va-
t-en, tu n'es pas assez jolie. D'un autre
côté, ce Monsieur que j'ai retrouvé
ic....

FLAMINIA.

Quoi ?

SILVIA.

Je vous le dis en secret ; je ne sçai ce
qu'il m'a fait depuis que je l'ai revû, mais
il m'a toujours paru si doux, il m'a dit
des choses si tendres, il m'a conté son
amour d'un air si poli, si humble, que
j'en ai une véritable pitié, & cette pitié-
là m'empêche encore d'être la maîtresse
de moi.

FLAMINIA.

L'aimez-vous ?

SILVIA.

Je ne crois pas ; car je dois aimer Arlequin.

ELAMINIA.

C'est un homme aimable.

SILVIA.

Je le sens bien.

FLAMINIA.

Si vous négligez de vous venger pour

Double Inconstance. I

l'époufer , je vous le pardonnerois ; voilà
la vérité.

SILVIA.

Si Arlequin fe marioit à une autre fille
que moi, à la bonne heure ; je ferois en
droit de lui dire ; tu m'as quittée, je te
quitte, je prens ma revanche : mais il n'y
a rien à faire ; qui eft - ce qui voudroit
d'Arlequin ici ; rude & bourru comme il
eft ?

FLAMINIA.

Il n'y a pas preffe entre nous : pour moi
j'ai toujours eu deffein de paffer ma vie aux
champs ; Arlequin eft groffier, je ne l'aime point , mais je ne le hais pas ; & dans
les fentimens où je fuis, s'il vouloit, je
vous en débarrafferois volontiers pour vous
faire plaifir.

SILVIA.

Mais mon plaifir où eft-il ? il n'eft ni là,
ni là; je le cherche.

FLAMINIA.

Vous verrez le Prince aujourd'hui ; voici ce Cavalier qui vous plaît , tâchez de
prendre votre parti. Adieu, nous nous re-
trouverons tantôt.

SCENE XII.

SILVIA, LE PRINCE.

SILVIA.

VOus venez : vous allez encore me dire que vous m'aimez, pour me mettre davantage en peine.

LE PRINCE.

Je venois voir si la Dame qui vous a fait insulte s'étoit bien acquittée de son devoir : quant à moi, belle Silvia, quand mon amour vous fatiguera, quand je vous déplairai moi-même, vous n'avez qu'à m'ordonner de me taire & de me retirer ; je me tairai, j'irai où vous voudrez, & je souffrirai sans me plaindre, résolu de vous obéir en tout.

SILVIA.

Ne voilà-t'il pas ? ne l'ai-je pas bien dit ? Comment voulez-vous que je vous renvoye ? Vous vous tairez, s'il me plaît ; vous vous en irez, s'il me plaît ; vous n'oserez pas vous plaindre ; vous m'obéirez en tout. C'est bien là le moyen de faire que je vous commande quelque chose.

I ij

Le Prince.

Mais que puis - je mieux que de vous
rendre maîtresse de mon sort ?

Silvia.

Qu'est - ce que cela avance ? vous ren-
drai-je malheureux ? en aurai-je le courage ? Si je vous dis : allez-vous-en , vous
croirez que je vous hais ; si je vous , dis
de vous taire , vous croirez que je ne me
soucie pas de vous ; & toutes ces croyan-
ces-là ne seront pas vraies ; elles vous
affligeront , en ferai - je plus à mon aise
après ?

Le Prince.

Que voulez-vous donc que je devienne ,
belle Silvia ?

Silvia.

Oh ce que je veux ! j'attens qu'on me
le dise , j'en suis encore plus ignorante que
vous ; voilà Arlequin qui m'aime , voilà
le Prince qui demande mon cœur , voilà
vous qui mériteriez de l'avoir , voilà ces
femmes qui m'injurient , & que je voudrois punir , voilà que j'aurai un affront
si je n'épouse pas le Prince : Arlequin
m'inquiéte , vous me donnez du souci ,
vous m'aimez trop , je voudrois ne vous
avoir jamais connu , & je suis bien malheureuse d'avoir tout ce tracas-là dans la
tête.

LE PRINCE.

Vos difcours me pénétrent, Silvia, vous êtes trop touchée de ma douleur, ma tendreffe toute grande qu'elle eft, ne vaut pas le chagrin que vous avez de ne pouvoir m'aimer.

SILVIA.

Je pourrois bien vous aimer, cela ne feroit pas difficile, fi je voulois.

LE PRINCE.

Souffrez donc que je m'afflige, & ne m'empêchez pas de vous regretter toujours.

SILVIA *comme impatiente.*

Je vous en avertis, je ne fçaurois fupporter de vous voir fi tendre, il femble que vous le faffiez exprès, y a-t'il de la raifon à cela ? pardi j'aurai moins de mal à vous aimer tout-à-fait, qu'à être comme je fuis ; pour moi je laifferai tout là, voilà ce que vous gagnerez.

LE PRINCE.

Je ne veux donc plus vous être à charge ; vous fouhaitez que je vous quitte, & je ne dois pas réfifter aux volontés d'une perfonne fi chere. Adieu, Silvia.

SILVIA *vivement.*

Adieu, Silvia ! je vous querellerois volontiers ; où allez-vous ? reftez-là, c'eft ma volonté ; je la fçai mieux que vous, peut-être.   I iij

LE PRINCE.

J'ai cru vous obliger.

SILVIA.

Quel train que tout cela ! que faire
d'Arlequin ? encore si c'étoit vous qui fût
le Prince.

LE PRINCE *d'un air ému.*

Eh ! quand je le serois ?

SILVIA.

Cela seroit différent, parce que je dirois à Arlequin que vous prétendriez être
le maître, ce seroit mon excuse : mais il
n'y a que pour vous que je voudrois prendre cette excuse-là.

LE PRINCE *à part.*

Qu'elle est aimable ! il est tems de dire
qui je suis.

SILVIA.

Qu'avez-vous ? est-ce que je vous fâche ? Ce n'est pas à cause de la Principauté
que je voudrois que vous fussiez Prince,
c'est seulement à cause de vous tout seul ;
& si vous l'étiez, Arlequin ne sçauroit
pas que je vous prendrois par amour,
voilà ma raison. Mais non après tout, il
vaut mieux que vous ne soyez pas le
maître, cela me tenteroit trop, & quand
vous le seriez, tenez, je ne pourrois me
résoudre à être une infidelle, voilà qui est
fini.

LE PRINCE *à part les*
premiers mots.

Différons encore de l'inftruire. Silvia ,
confervez-moi feulement les bontés que
vous avez pour moi : le Prince vous a fait
préparer un Spectacle , permettez que je
vous y accompagne , & que je profite de
toutes les occafions d'être avec vous.
Après la fête vous verrez le Prince , & je
fuis chargé de vous dire que vous ferez libre de vous retirer , fi votre cœur ne vous
dit rien pour lui.

SILVIA.

Oh il ne me dira pas un mot , c'eft tout
comme fi j'étois partie : mais quand je ferai chez nous , vous y viendrez ; eh que
fçait-on ce qui peut arriver ? peut-être que
vous m'aurez. Allons nous-en toujours, de
peur qu'Arlequin ne vienne.

Fin du fecond Acte.

I iiij

ACTE III.

SCENE I.

LE PRINCE, FLAMINIA.

FLAMINIA.

OUI, Seigneur, vous avez fort bien fait de ne pas vous découvrir tantôt, malgré tout ce que Silvia vous a dit de tendre ; ce retardement ne gâte rien, & lui laiffe le tems de fe confirmer dans le penchant qu'elle a pour vous : graces au Ciel, vous voilà prefque arrivé où vous fouhaitiez.

LE PRINCE.

Ah, Flaminia, qu'elle eft aimable !

FLAMINIA.

Elle l'eft infiniment.

LE PRINCE.

Je ne connois rien comme elle, parmi les gens du monde. Quand une maîtreffe à force d'amour nous dit clairement, je vous aime, cela fait affurément un grand plaisir ; eh bien, Flaminia, ce plaisir-là imaginez-vous qu'il n'est que fadeur, qu'il n'est qu'ennui, en comparaison du plaisir que m'ont donné les discours de Silvia, qui ne m'a pourtant point dit, je vous aime.

FLAMINIA.

Mais, Seigneur, oserois-je vous prier de m'en répéter quelque chose ?

LE PRINCE.

Cela est impossible : je suis ravi, je suis enchanté, je ne peux pas vous répéter cela autrement.

FLAMINIA.

Je présume beaucoup du rapport singulier que vous m'en faites.

LE PRINCE.

Si vous sçaviez combien, dit-elle, elle est affligée de ne pouvoir m'aimer ; parce que cela me rend malheureux & qu'elle doit être fidelle à Arlequin .... j'ai vû le moment où elle alloit me dire : ne m'aimez plus, je vous prie, parce que vous seriez cause que je vous aimerois aussi.

FLAMINIA.

Bon, cela vaut mieux qu'un aveu.

LE PRINCE.

Non, je le dis encore, il n'y a que l'amour de Silvia qui soit véritablement de l'amour ; les autres femmes qui aiment ont l'esprit cultivé, elles ont une certaine éducation, un certain usage, & tout cela chez elles falsifie la nature ; ici c'est le cœur tout pur qui me parle, comme ses sentimens viennent, il me les montre, sa naïveté en fait tout l'art, & sa pudeur toute la décence ; vous m'avouerez que cela est charmant : tout ce qui la retient à présent, c'est qu'elle se fait un scrupule de m'aimer sans l'aveu d'Arlequin. Ainsi, Flaminia, hâtez-vous ; sera-t'il bientôt gagné, Arlequin ? vous sçavez que je ne dois ni ne veux le traiter avec violence. Que dit-il ?

FLAMINIA.

A vous dire le vrai, Seigneur, je le crois tout-à-fait amoureux de moi, mais il n'en sçait rien ; comme il ne m'appelle encore que sa chere amie, il vit sur la bonne foi de ce nom qu'il me donne, & prend toujours de l'amour à bon compte.

LE PRINCE.

Fort bien.

FLAMINIA,

Oh dans la premiere conversation je l'instruirai de l'état de ses petites affaires avec moi, & ce penchant qui est *incognito* chez lui, & que je lui ferai sentir par un autre stratagême, la douceur avec laquelle vous lui parlerez, comme nous en sommes convenus , tout cela , je penſe, va vous tirer d'inquiétude, & terminer mes travaux, dont je ſortirai, Seigneur, victorieuſe & vaincue.

LE PRINCE.

Comment donc ?

FLAMINIA.

C'eſt une petite bagatelle qui ne mérite pas de vous être dite ; c'eſt que j'ai pris du goût pour Arlequin, ſeulement pour me déſennuyer dans le cours de notre intrigue. Mais retirons-nous, & rejoignez Silvia ; il ne faut pas qu'Arlequin vous voye encore, & je le vois qui vient.

Ils ſe retirent tous deux.

SCENE II.

TRIVELIN, ARLEQUIN

d'un air un peu ſombre.

TRIVELIN *après quelque tems.*

EH bien, que voulez-vous que je faſſe de l'écritoire & du papier que vous m'avez fait prendre ?

ARLEQUIN.

Donnez-vous patience , mon domeſtique.

TRIVELIN.

Tant qu'il vous plaira.

ARLEQUIN.

Dites-moi, qui eſt-ce qui me nourrit
ici ?

TRIVELIN.

C'eſt le Prince.

ARLEQUIN.

Par la ſambille, la bonne chere que je
fais me donne des ſcrupules.

TRIVELIN.

D'où vient donc?

ARLEQUIN.

Mardi, j'ai peur d'être en penſion ſans
le ſçavoir.

TRIVELIN *riant*.

Ha, ha, ha, ha.

ARLEQUIN.

De quoi riez-vous, grand benêt?

TRIVELIN.

Je ris de votre idée, qui eſt plaiſante;
allez, allez, Seigneur Arlequin, mangez
en toute ſûreté de conſcience, & bûvez
de même.

ARLEQUIN.

Dame, je prends mes repas dans la bonne foi ; il me feroit bien rude de me voir
un jour apporter le mémoire de ma dé-
penſe : mais je vous crois, dites-moi à
préſent comment s'appelle celui qui rend

compte au Prince de ses affaires ?

TRIVELIN.

Son Secretaire d'Etat ; voulez - vous
dire ?

ARLEQUIN.

Oui : j'ai dessein de lui faire un écrit ;
pour le prier d'avertir le Prince que je
m'ennuye, & lui demander quand il veut
finir avec nous ; car mon pere est tout
seul.

TRIVELIN.

Et bien !

ARLEQUIN.

Si on veut me garder, il faut lui envoyer
une carriole afin qu'il vienne.

TRIVELIN.

Vous n'avez qu'à parler, la carriole
partira sur le champ.

ARLEQUIN.

Il faut après cela qu'on nous marie Silvia & moi, & qu'on m'ouvre la porte de
la maison ; car j'ai accoutumé de trotter
partout, & d'avoir la clef des champs moi.
Ensuite nous tiendrons ici ménage avec
l'amie Flaminia, qui ne veut pas nous
quitter à cause de son affection pour nous ;
& si le Prince a toujours bonne envie de
nous régaler, ce que je mangerai me pro-
fitera davantage.

TRIVELIN.

Mais, Seigneur Arlequin, il n'eſt pas beſoin de mêler Flaminia là-dedans ?

ARLEQUIN.

Cela me plaît à moi.

TRIVELIN *d'un air mé-content.*

Hum.

ARLEQUIN *le contrefaiſant.*

Hum. Le mauvais valet ! allons vîte, tirez votre plume, & grifonez-moi mon écriture.

TRIVELIN *ſe mettant en état.*

Dictez.

ARLEQUIN.

Monſieur.

TRIVELIN.

Alte-là, dites, Monſeigneur.

ARLEQUIN.

Mettez les deux , afin qu'il choiſiſſe.

TRIVELIN.

Fort bien.

ARLEQUIN.

Vous ſçaurez que je m'appelle Arle-quin.

TRIVELIN.

Doücement. Vous devez dire, Votre Grandeur ſçaura.

ARLEQUIN.

Votre Grandeur ſçaura ! C'eſt donc un

geant ce Secretaire d'Etat.

TRIVELIN.

Non, mais n'importe.

ARLEQUIN.

Quel diantre de galimatias ! qui a jamais
entendu dire qu'on s'adreſſe à la taille d'un
homme quand on a affaire à lui?

TRIVELIN *écrivant*.

Je mettrai comme il vous plaira. Vous
ſçaurez que je m'appelle Arlequin. Après?

ARLEQUIN.

Que j'ai une maîtreſſe qui s'appelle Silvia, bourgeoiſe de mon village, & fille
d'honneur.

TRIVELIN *écrivant*.

Courage.

ARLEQUIN.

Avec une bonne amie que j'ai faite depuis peu, qui ne ſçauroit ſe paſſer de nous,
ni nous d'elle : ainſi auſſi-tôt la préſente
reçue . . . .

TRIVELIN *s'arrêtant*
comme affligé.

Flaminia ne ſçauroit ſe paſſer de vous?
ahi ! la plume me tombe des mains.

ARLEQUIN.

Oh, oh ! que ſignifie donc cette imper-
tinente pâmoiſon-là ?

TRIVELIN.

Il y a deux ans, Seigneur Arlequin, il

y a deux ans que je foupire en fecret pour elle.

ARLEQUIN *tirant fa late.*

Cela eft fâcheux, mon mignon : mais en attendant qu'elle en foit informée, je vais toujours vous en faire quelques re-merciemens pour elle.

TRIVELIN.

Des remercimens à coups de bâton ! je ne fuis pas friand de ces complimens-là, Eh que vous importe que je l'aime ? vous n'avez que de l'amitié pour elle, & l'a-mitié ne rend point jaloux.

ARLEQUIN.

Vous vous trompez, mon amitié fait tout comme l'amour, en voilà des preuves.

Il le bat. Trivelin s'enfuit
en difant.

TRIVELIN.

Oh diable foit de l'amitié.

SCENE III.

FLAMINIA, ARLEQUIN.

FLAMINIA *à Arlequin.*

QU'eft-ce que c'eft ? qu'avez-vous, Arlequin ?

ARLEQUIN.

ARLEQUIN.

Bon jour, ma mie ; c'est ce faquin qui dit qu'il vous aime depuis deux ans.

FLAMINIA.

Cela se peut bien.

ARLEQUIN.

Et vous, ma mie, que dites-vous de cela ?

FLAMINIA.

Que c'est tant-pis pour lui.

ARLEQUIN.

Tout de bon ?

FLAMINIA.

Sans doute : mais est-ce que vous seriez fâché que l'on m'aimât ?

ARLEQUIN.

Hélas ! vous êtes votre maîtresse : mais si vous aviez un amant, vous l'aimeriez peut-être ; cela gâteroit la bonne amitié que vous me portez, & vous m'en feriez ma part plus petite, oh de cette part-là je n'en voudrois rien perdre.

FLAMINIA *d'un air doux.*

Arlequin, sçavez-vous bien que vous ne ménagez pas mon cœur ?

ARLEQUIN.

Moi ! eh quel mal lui fais-je donc ?

FLAMINIA.

Si vous continuez de me parler toujours de même, je ne sçaurai plus bien-tôt de

Double Inconstance. K

quelle espece seront mes sentimens pour
vous : en vérité je n'ose m'examiner là-
dessus, j'ai peur de trouver plus que je ne
veux.

ARLEQUIN.

C'est bien fait, n'examinez jamais Flaminia, cela sera ce que cela pourra ; au
reste, croyez-moi, ne prenez point d'a-
mant : j'ai une maîtresse, je la garde, si
je n'en avois point, je n'en chercherois
pas ; qu'en ferois-je avec vous ? elle m'ennuyeroit.

FLAMINIA.

Elle vous ennuyeroit ! le moyen après
tout ce que vous dites de rester votre
amie ?

ARLEQUIN.

Eh que serez-vous donc ?

FLAMINIA.

Ne me le demandez pas, je n'en veux
rien sçavoir ; ce qui est de sûr, c'est que
dans le monde je n'aime plus que vous,
vous n'en pouvez pas dire autant, Silvia,
va devant moi, comme de raison,

ARLEQUIN.

Chut : vous allez de compagnie ensemble.

FLAMINIA.

Je vais vous l'envoyer, si je la trouve
Silvia, en serez-vous bien aise !

ARLEQUIN.

Comme vous voudrez : mais il ne faut pas l'envoyer, il faut venir toutes deux.

FLAMINIA.

Je ne pourrai pas ; car le Prince m'a mandée, & je vais voir ce qu'il me veut. Adieu Arlequin, je ferai bientôt de retour.

En fortant elle fourit à celui qui entre.

SCENE IV.

LE SEIGNEUR *du fecond Acte apporte à Arlequin des Lettres de Noblesse.*

ARLEQUIN *le voyant.*

VOilà mon homme de tantôt ; ma foi, Monfieur le médifant, car je ne fçai point votre autre nom, je n'ai rien dit de vous au Prince, par la raifon que je ne l'ai point vû.

LE SEIGNEUR.

Je vous fuis obligé de votre bonne volonté, Seigneur Arlequin : mais je fuis forti d'embarras, & rentre dans les bonnes graces du Prince, fur l'affurance que ja lui ai donnée que vous lui parleriez pour moi : j'efpere qu'à votre tour vous me tiendrez parole. K ij

ARLEQUIN.

Oh quoi que je paroiſſe un innocent, je ſuis homme d'honneur.

LE SEIGNEUR.

De grace, ne vous reſſouvenez plus de rien, & reconciliez-vous avec moi, en faveur du préſent que je vous apporte de la part du Prince ; c'eſt de tous les préſens le plus grand qu'on puiſſe vous faire.

ARLEQUIN.

Eſt-ce Silvia que vous m'apportez ?

LE SEIGNEUR.

Non, le préſent dont il s'agit, eſt dans ma poche ; ce ſont des Lettres de Nobleſ-ſe dont le Prince vous gratifie comme pa-rent de Silvia, car on dit que vous l'êtes un peu.

ARLEQUIN.

Pas un brin, remportez cela ; car ſi je le prenois, ce ſeroit friponner la gratifi-cation.

LE SEIGNEUR.

Acceptez toujours, qu'importe ? vous ferez plaiſir au Prince ; refuſeriez-vous ce qui fait l'ambition de tous les gens de cœur ?

ARLEQUIN.

J'ai pourtant bon cœur auſſi ; pour de l'ambition, j'en ai bien entendu parler, mais je ne l'ai jamais vûe, & j'en ai peut-être ſans le ſçavoir.

LE SEIGNEUR.

Si vous n'en avez pas, cela vous en don-
nera.

ARLEQUIN.

Qu'eſt-ce que c'eſt donc ?

LE SEIGNEUR *à part les*
premiers mots.

En voilà bien d'un autre. L'ambition :
c'eſt un noble orgueil de s'élever.

ARLEQUIN.

Un orgueil qui eſt noble ! donnez vous
comme cela de jolis noms à toutes les ſo-
tiſes, vous autres ?

LE SEIGNEUR.

Vous ne me comprenez pas ; cet orgueil
ne ſignifie là qu'un deſir de gloire.

ARLEQUIN.

Par ma foi ſa ſignification ne vaut pas
mieux que lui ; c'eſt bonnet blanc , &
blanc bonnet.

LE SEIGNEUR.

Prenez , vous dis-je : ne ſerez-vous pas
bien-aiſe d'être Gentilhomme ?

ARLEQUIN.

Eh je n'en ſerois ni bien aiſe, ni fâché ;
c'eſt ſuivant la fantaiſie qu'on a.

LE SEIGNEUR.

Vous y trouverez de l'avantage , vous
en ſerez plus reſpecté & plus craint de
vos voiſins.

ARLEQUIN.

J'ai opinion que cela les empêcheroit
de m'aimer de bon cœur ; car quand je res-
pecte les gens , moi , & que je les crains ,
je ne les aime pas de si bon courage, je ne
sçaurois faire tant de choses à la foi.

LE SEIGNEUR.

Vous m'étonnez !

ARLRQUIN.

Voilà comme je suis bâti ; d'ailleurs ,
voyez-vous , je suis le meilleur enfant du
monde , je ne fais de mal à personne ,
mais quand je voudrois nuire , je n'en ai
pas le pouvoir. Eh bien , si j'avois ce pouvoir , si j'étois Noble , diable emporte,
si je voudrois gager d'être toujours brave
homme : je ferois par fois comme le Gentilhomme de chez nous, qui n'épargne pas
les coups de bâton , à cause qu'on n'oseroit
les lui rendre.

LE SEIGNEUR.

Et si on vous donnoit ces coups de bâton , ne souhaiteriez-vous pas être en état
de les rendre ?

ARLEQUIN.

Pour cela je voudrois payer cette dette-
là sur le champ.

LE SEIGNEUR.

Oh comme les hommes sont quelquefois méchans , mettez - vous en état de

faire du mal , feulement afin qu'on n'ofe pas vous en faire , & pour cet effet prenez vos Lettres de Nobleffe.

ARLEQUIN *prend les Lettres.*

Têtubleu , vous avez raifon , je ne fuis qu'une bête : allons , me voilà Noble , je garde le parchemin , je ne crains plus que les rats qui pourroient bien gruger ma Nobleffe ; mais j'y mettrai bon ordre. Je vous remercie & le Prince auffi , car il eft bien obligeant dans le fond.

LE SEIGNEUR.

Je fuis charmé de vous voir content ; adieu.

ARLEQUIN.

Je fuis votre ferviteur.

Quand le Seigneur a fait dix ou douze pas , Arlequin le rappelle.

Monfieur , Monfieur.

LE SEIGNEUR.

Que me voulez-vous ?

ARLEQUIN.

Ma Nobleffe m'oblige-t'elle à rien ? car il faut faire fon devoir dans une charge.

LE SEIGNEUR.

Elle oblige à être honnête homme.

ARLEQUIN *très-férieufe- ment.*

Vous aviez donc des exemptions , vous

quand vous avez dit du mal de moi.

LE SEIGNEUR.

N'y fongez plus, un Gentilhomme doit être généreux.

ARLEQUIN.

Généreux & honnête homme ! vertu-chou ces devoirs-là font bons ! je les trouve encore plus nobles que mes Lettres de Nobleffe ; & quand on ne s'en acquitte pas, eft-on encore Gentilhomme ?

LE SEIGNEUR.

Nullement.

ARLEQUIN.

Diantre ! il y a donc bien des Nobles qui payent la taille ?

LE SEIGNEUR.

Je n'en fçai point le nombre.

ARLEQUIN.

Eft-ce là tout ? n'y a-t'il plus d'autres devoirs ?

LE SEIGNEUR.

Non : cependant vous , qui fuivant toute apparence ferez favori du Prince, vous aurez un devoir de plus ; ce fera de mériter cette faveur par toute la foumiffion, tout le refpect & toute la complaifance poffible. À l'égard du refte, comme je vous ai dit , ayez de la vertu, aimez l'honneur plus que la vie , & vous ferez dans l'ordre.

ARLEQUIN.

ARLEQUIN.

Tout doucement : ces dernieres obli-
gations-là ne me plaisent pas tant que les
autres. Premiérement, il est bon d'expli-
quer ce que c'est que cet honneur qu'on
doit aimer plus que la vie. Malapeste quel
honneur !

LE SEIGNEUR.

Vous approuverez ce que cela veut dire ; c'est qu'il faut se vanger d'une injure,
ou périr plutôt que de la souffrir.

ARLEQUIN.

Tout ce que vous m'avez dit n'est donc
qu'un coq-à-l'âne ; car si je suis obligé
d'être généreux, il faut que je pardonne
aux gens ; si je suis obligé d'être méchant,
il faut que je les assomme. Comment donc
faire pour tuer le monde & les laisser vivre ?

LE SEIGNEUR.

Vous serez généreux & bon, quand on
ne vous insultera pas.

ARLEQUIN.

Je vous entens : il m'est défendu d'être
meilleur que les autres ; & si je rends le
bien pour le mal, je serai donc un homme sans honneur ? Par la mardi la méchanceté n'est pas rare, ce n'étoit pas la peine
de la recommander tant. Voilà une vi-
laine invention ! Tenez, accommodons-

Double Inconstance.   L

nous plutôt , quand on me dira une grof-
fe injure , j'en répondrai une autre , fi je
fuis le plus fort : voulez-vous me laiffer
votre marchandife à ce prix-là ? dites-moi
votre dernier mot.

LE SEIGNEUR.

Une injure répondue à une injure ne
fuffit point , cela ne peut fe laver, s'effacer que par le fang de votre ennemi , ou
le vôtre.

ARLEQUIN.

Que la tache y refte ; vous parlez du
fang comme fi c'étoit de l'eau de la riviere.
Je vous rends votre paquet de Nobleffe,
mon honneur n'eft pas fait pour être Noble , il eft trop raifonnable pour cela. Bon
jour.

LE SEIGNEUR.

Vous n'y fongez pas.

ARLEQUIN.

Sans compliment , reprenez votre affaire.

LE SEIGNEUR.

Gardez le toujours , vous vous ajufterez
avec le Prince , on n'y regardera pas de fi
près avec vous.

ARLEQUIN *les reprenant.*

Il faudra donc qu'il me figne un con-
trat comme quoi je ferai exemt de me faire tuer par mon prochain pour le faire re-

pentir de son impertinence avec moi.

LE SEIGNEUR.

A la bonne heure, vous ferez vos conventions. Adieu, je suis votre serviteur.

ARLEQUIN.

Et moi le vôtre.

SCENE V.

LE PRINCE, ARLEQUIN.

ARLEQUIN *le voyant.*

QUi diantre vient encore me rendre visite ? Ah c'est celui-là qui est cause qu'on m'a pris Silvia ! Vous voilà donc, Monsieur le babillard, qui allez dire partout que la maîtresse des gens est belle ; ce qui fait qu'on m'a escamoté la mienne ?

LE PRINCE.

Point d'injure, Arlequin ?

ARLEQUIN.

Etes-vous, Gentilhomme vous ?

LE PRINCE.

Assurément.

ARLEQUIN.

Mardi vous êtes bienheureux ; Sans cela je vous dirois de bon cœur ce que vous méritez : mais votre honneur voudroit peut-être faire son devoir, & après cela, il faudroit vous tuer pour vous venger de moi.   L ij

LE PRINCE.

Calmez-vous, je vous prie, Arlequin,
le Prince m'a donné ordre de vous entre-
tenir.

ARLEQUIN.

Parlez, il vous est libre: mais je n'ai
pas ordre de vous écouter, moi.

LE PRINCE.

Eh bien, prens un esprit plus doux,
connois-moi, puisqu'il le faut, c'est ton
Prince lui-même qui te parle, & non pas
un Officier du Palais, comme tu l'as cru
jusqu'ici, aussi-bien que Silvia.

ARLEQUIN.

Votre foi?

LE PRINCE.

Tu dois m'en croire.

ARLEQUIN.

Excusez, Monseigneur, c'est donc moi
qui suis un sot d'avoir été un impertinent
avec vous?

LE PRINCE.

Je te pardonne volontiers.

ARLEQUIN *tristement*.

Puisque vous n'avez pas de rancune contre moi, ne permettez pas que j'en aye
contre vous; je ne suis pas digne d'être
fâché contre un Prince, je suis trop petit
pour cela: si vous m'affligez, je pleurerai
de toute ma force, & puis c'est tout; ce-

la doit faire compaſſion à votre puiſſance, vous ne voudriez pas avoir une Princi-pauté pour le contentement de vous tout feul.

LE PRINCE.

Tu te plains donc bien de moi, Arle-quin ?

ARLEQUIN.

Que voulez-vous, Monfeigneur, j'ai une fille qui m'aime ; vous, vous en avez plein votre maiſon, & nonobſtant vous m'ôtez la mienne ; prenez que je fuis pau-vre, & que tout mon bien eſt un liard, vous qui êtes riche de plus de mille écus, vous vous jettez fur ma pauvreté & vous m'arrachez mon liard, cela n'eſt-il pas bien trifte ?

LE PRINCE à part.

Il a raiſon, & ſes plaintes me touchent.

ARLEQUIN.

Je ſçai bien que vous êtes un bon Prin-ce, tout le monde le dit dans le pays, il n'y aura que moi qui n'aurai pas le plaiſir de le dire comme les autres.

LE PRINCE.

Je te prive de Silvia, il eſt vrai : mais demande-moi ce que tu voudras, je t'of-fre tous les biens que tu pourras ſouhai-ter, & laiſſe-moi cette ſeule perſonne que j'aime.

L iij

ARLEQUIN.

Ne parlons point de ce marché-là, vous gagneriez trop sur moi ; disons en conscience, si un autre que vous me l'avoit prise, est-ce que vous ne me la feriez pas remettre ? Et bien, personne ne me la prise que vous ; voyez la belle occasion de montrer que la justice est pour tout le monde.

LE PRINCE à part.

Que lui répondre ?

ARLEQUIN.

Allons, Monseigneur, dites-vous comme cela : Faut-il que je retienne le bonheur de ce petit homme, parce que j'ai le pouvoir de le garder ? N'est-ce pas à moi à être son protecteur, puisque je suis son maître ? S'en ira-t'il sans avoir justice ? n'en aurai-je pas du regret ? qui est-ce qui fera mon office de Prince, si je ne le fais pas ? j'ordonne donc que je lui rendrai Silvia.

LE PRINCE.

Ne changeras-tu jamais de langage ? regarde comme j'en agis avec toi, je pourrois te renvoyer, & garder Silvia sans t'écouter ; cependant malgré l'inclination que j'ai pour elle, malgré ton obstination & le peu de respect que tu me montres, je m'interesse à ta douleur, je cherche à

la calmer par mes faveurs, je descens jusqu'à te prier de me céder Silvia de bonne
volonté ; tout le monde t'y exhorte,
tout le monde te blâme, & te donne un
exemple de l'ardeur qu'on a de me plaire ;
tu es le seul qui résiste, tu dis que je suis
ton Prince, marque-le moi donc par un
peu de docilité.

  A R L E Q U I N *toujours triste.*

 Eh, Monseigneur, ne vous fiez pas à
ces gens qui vous disent que vous avez
raison avec moi, car ils vous trompent ;
vous prenez cela pour argent comptant,
& puis vous avez beau être bon, vous
avez beau être brave homme, c'est autant
de perdu, cela ne vous fait point de profit ;
sans ces gens-là vous ne me chercheriez
point chicane, vous ne diriez pas que je
vous manque de respect, parce que je
représente mon bon droit : allez, vous
êtes mon Prince, & je vous aime bien ;
mais je suis votre sujet, & cela mérite
quelque chose.

  L E P R I N C E.

 Vas, tu me desesperes.

  A R L E Q U I N.

 Que je suis à plaindre !

  L E P R I N C E.

 Faudra-t'il donc que je renonce à Silvia ? le moyen d'en être jamais aimé, si

      L iiij

tu ne veux pas m'aider ? Arlequin, je t'ai caufé du chagrin, mais celui que tu me laiffes eft plus cruel que le tien.

ARLEQUIN.

Prenez quelque confolation, Monfeigneur, promenez-vous, voyagez quelque part, votre douleur fe paffera dans les chemins.

LE PRINCE.

Non, mon enfant, j'efperois quelque chofe de ton cœur pour moi, je t'aurois eu plus d'obligation que je n'en aurai jamais à perfonne : mais tu me fais tout le mal qu'on peut me faire ; va, n'importe, mes bienfaits t'étoient réfervés, & ta dureté n'empêche pas que tu n'en jouiffes.

ARLEQUIN.

Ahi ! qu'on a du mal dans la vie !

LE PRINCE.

Il eft vrai que j'ai tort à ton égard ; j' me reproche l'action que j'ai faite , c'eft une injuftice : mais tu n'en es que trop vangé.

ARLEQUIN.

Il faut que je m'en aille , vous êtes trop fâché d'avoir tort, j'aurois peur de vous donner raifon.

LE PRINCE.

Non , il eft jufte que tu jois content ; tu fouhaites que je te rende juftice. fois heureux aux dépens de tout mon repos.

ARLEQUIN.

Vous avez tant de charité pour moi,
n'en au.ois-je donc pas pour vous ?

LE PRINCE *triste.*

Ne t'embarraffe pas de moi.

ARLEQUIN.

Que j'ai de fouci ! le voilà défolé.

LE PRINCE *en careffant*
Arlequin.

Je te fçai bon gré de la fenfibilité où je
te vois : adieu, Arlequin, je t'eftime
malgré tes refus.

ARLEQUIN *laiffe faire un ou deux*
pas au Prince.

Monfeigneur.

LE PRINCE.

Que me veux-tu ? me demandes-tu quelque grace ?

ARLEQUIN.

Non, je ne fuis qu'en peine de fçavoir
ff je vous accorderai celle que vous voulez.

LE PRINCE.

Il faut avouer que tu as le cœur excel-
lent !

ARLEQUIN.

Et vous auffi, voilà ce qui m'ôte le
courage : hélas que les bonnes gens font
foibles !

LE PRINCE.

J'admire tes fentimens.

ARLEQUIN.

Je le crois bien, je ne vous promets
pourtant rien, il y a trop d'embarras dans
ma volonté : mais à tout hazard, si je vous
donnois Silvia, avez-vous deſſein que je
fois votre favori ?

LE PRINCE.

Eh qui le feroit donc ?

ARLEQUIN.

C'eſt qu'on m'a dit que vous aviez coutume d'être flatté ; moi j'ai coutume de
dire vrai, & une bonne coutume comme
celle-là ne s'accorde pas avec une mauvai-
ſe ; jamais votre amitié ne fera aſſez forte
pour endurer la mienne.

LE PRINCE.

Nous nous brouillerons enſemble, ſi tu
ne me répons toujours ce que tu penſes ;
il ne me reſte qu'une choſe à te dire, Arlequin, ſouviens-toi que je t'aime, c'eſt
tout ce que je te recommande.

ARLEQUIN.

Flaminia fera-t'elle ſa maîtreſſe ?

LE PRINCE.

Ah ne me parle point de Flaminia, tu
n'étois pas capable de me donner tant de
chagrins ſans elle.

ARLEQUIN *au Prince qui sort.*

Point du tout , c'est la meilleure fille du monde , vous ne devez point lui vouloir du mal.

SCENE VI.

ARLEQUIN.

Apparemment que mon coquin de valet aura médit de ma bonne amie ; par la mardi il faut que j'aille voir où elle est. Mais moi, que ferai-je à cette heure ? est-ce que je quitterai Silvia-là ? cela se pourra-t'il ? y aura-t'il moyen ? Ma foi non, non assurément ; j'ai un peu fait le nigaud avec le Prince, parce que je suis tendre à la peine d'autrui ; mais le Prince est tendre aussi , & il ne dira mot.

SCENE VII.

FLAMINIA *d'un air triste,* ARLEQUIN.

ARLEQUIN.

BOn jour Flaminia , j'allois vous chercher.

FLAMINIA *en soupirant.*

Adieu , Arlequin.

ARLEQUIN.

Qu'est ce que cela veut dire, adieu.

FLAMINIA.

Trivelin nous a trahi, le Prince a sçu

l'intelligence qui eſt entre nous , il vient de m'ordonner de ſortir d'ici , & m'a défendu de vous voir jamais ; malgré cela je n'ai pû m'empêcher de venir vous parler encore une fois, enſuite j'irai où je pourrai pour éviter ſa colere.

ARLEQUIN *étonné & déconcerté.*

Ah me voilà un joli garçon à préſent !

FLAMINIA.

Je ſuis au déſeſpoir moi ! me voir ſéparée pour jamais d'avec vous , de tout ce que j'avois de plus cher au monde ; le tems me preſſe , je ſuis forcée de vous quitter : mais avant que de partir , il faut que je vous ouvre mon cœur.

ARLEQUIN *en reprenant ſon haleine.*

Ahi ! qu'eſt-ce ma mie , qu'a-t'il ce cher cœur ?

FLAMINIA.

Ce n'eſt point de l'amitié que j'avois pour vous , Arlequin , je m'étois trompée.

ARLEQUIN *d'un ton eſſouflé.*

C'eſt donc de l'amour ?

FLAMINIA.

Et du plus tendre. Adieu.

ARLEQUIN *la retenant.*

Attendez.... je me ſuis peut-être trompé moi auffi fur mon compte.

FLAMINIA.

Comment vous vous feriez méprís ?
vous m'aimeriez, & nous ne nous verrons
plus ? Arlequin, ne m'en dites pas davan=
tage, je m'enfuis.

Elle fait ou ou deux pas.

ARLEQUIN.

Reftez.

FLAMINIA.

Laiffez-moi aller, que ferons-nous ?

ARLEQUIN.

Parlons raifon.

FLAMINIA.

Que vous dirai-je ?

ARLEQUIN.

C'eft que mon amitié eft auffi loin que
la vôtre ; elle eft partie ; voilà que je vous
aime, cela eft décidé, & je n'y comprens
rien. Ouf.

FLAMINIA.

Quelle avanture !

ARLEQUIN.

Je ne fuis point marié, par bonheur.

FLAMINIA.

Il eft vrai.

ARLEQUIN.

Silvia fe mariera avec le Prince, & il
fera content.

FLAMINIA.

Je n'en doute point.

ARLEQUIN.

Ensuite, puisque notre cœur s'est mé-
compté & que nous nous aimons par mé-
garde, nous prendrons patience, & nous
nous accommoderons à l'avenant.

FLAMINIA *d'un ton doux.*

J'entens bien, vous voulez dire que
nous nous marierons ensemble.

ARLEQUIN.

Vraiment oui ; est-ce ma faute à moi ?
pourquoi ne m'avertissez - vous pas que
vous m'attraperiez & que vous seriez ma
maîtresse ?

FLAMINIA.

M'avez-vous avertie que vous devien-
driez mon amant ?

ARLEQUIN.

Morbleu le devinois-je ?

FLAMINIA.

Vous étiez assez aimable pour le déviner.

ARLEQUIN.

Ne nous reprochons rien ; s'il ne tient
qu'à être aimable, vous avez plus de tort
que moi.

FLAMINIA.

Epousez-moi, j'y consens : mais il n'y a
point de tems à perdre, & je crains qu'on
ne vienne m'ordonner de sortir.

ARLEQUIN *en soupirant.*

Ah je pars pour parler au Prince, ne dites pas à Silvia que je vous aime, elle croiroit que je suis dans mon tort, & vous sçavez que je suis innocent ; je ne ferai semblant de rien avec elle, je lui dirai que c'est pour sa fortune que je la laisse là.

FLAMINIA.

Fort bien, j'allois vous le conseiller.

ARLEQUIN.

Attendez, & donnez-moi votre main que je la baise... *Après avoir baisé sa main.* Qui est-ce qui auroit cru que j'y prendrois tant de plaisir? cela me confond.

SCENE VIII.

FLAMINIA, SILVIA.

FLAMINIA *à part.*

EN vérité le Prince a raison, ces petites personnes-là font l'amour d'une maniere à ne pouvoir résister. Voici l'autre. *A Silvia qui entre.*

A quoi rêvez-vous, belle Silvia ?

SILVIA.

Je rêve à moi, & je n'y entens rien.

FLAMINIA.

Que trouvez-vous donc en vous de si incompréhensible ?

SILVIA.

Je voulois me vanger de ces femmes, vous sçavez bien, cela s'est passé.

FLAMINIA.

Vous n'êtes guéres vindicative.

SILVIA.

J'aimois Arlequin, n'est-ce pas ?

FLAMINIA.

Il me le sembloit.

SILVIA.

Eh bien, je crois que je ne l'aime plus.

FLAMINIA.

Ce n'est pas un si grand malheur.

SILVIA.

Quand ce seroit un malheur, qu'y fe-rois-je ? lorsque je l'ai aimé, c'étoit un amour qui m'étoit venu ; à cette heure que je ne l'aime plus, c'est un amour qui s'en est allé ; il est venu sans mon avis, il s'en retourne de même, je ne crois pas être blâmable.

FLAMINIA *les premiers*
mots à part.

Rions un moment, je le pense à peu près de même.

SILVIA *vivement.*

Qu'appellez-vous à peu près ? il faut
le

le penser tout-à-fait comme moi , parce
que cela est : voilà de mes gens , qui disent
tantôt oui , tantôt non.

FLAMINIA.

Sur quoi vous emportez-vous donc ?

SILVIA.

Je m'emporte à propos ; je vous con-
sulte bonnement, & vous allez me répondre des *à peu-près* qui me chicanent.

FLAMINIA.

Ne voyez-vous pas bien que je badine
& que vous n'êtes que louable ; mais n'est-
ce pas cet Officier que vous aimez ?

SILVIA.

Eh qui donc ? pourtant je n'y consens
pas encore à l'aimer ; mais à la fin il faudra bien y venir ; car dire toujours non à
un homme qui demande toujours oui, le
voir triste, toujours se lamentant, toujours le consoler de la peine qu'on lui
fait, Dame cela lasse, il vaut mieux ne lui
en plus faire.

FLAMINIA.

Oh vous allez le charmer, il mourra de
joye.

SILVIA.

Il mourroit de tristesse , & c'est encore
pis.

FLAMINIA.

Il n'y a pas de comparaison.
Double Inconstance.   M

S I L V I A.

Je l'attens ; nous avons été plus de
deux heures enfemble , & il va revenir
pour être avec moi quand le Prince me
parlera ; cependant quelquefois j'ai peur
qu'Arlequin ne s'afflige trop , qu'en dites-vous ? mais ne me rendez pas fcrupu-
leufe.

F L A M I N I A.

Ne vous inquiétez pas , on trouvera ai-
fément moyen de l'appaifer.

S I L V I A *avec un petit*
air d'inquiétude.

De l'appaifer ! diantre il eft donc bien
facile de m'oublier à ce compte ? eft-ce
qu'il a fait quelque maîtreffe ici ?

F L A M I N I A.

Lui , vous oublier ! j'aurois donc perdu
l'efprit fi je vous le difois ; vous ferez trop
heureufe s'il ne fe defefpere pas.

S I L V I A.

Vous avez bien affaire de me dire cela,
vous êtes caufe que je redeviens incertaine
avec votre défefpoir

F L A M I N I A.

Et s'il ne vous aime plus , que diriez-
vous ?

S I L V I A.

S'il ne m'aime plus . . . vous n'avez qu'à
gerder votre nouvelle.

FLAMINIA.

Eh bien il vous aime encore, & vous
en êtes fâchée ; que vous faut-il donc ?

SILVIA.

Hom, vous qui riez, je vous voudrois
bien voir à ma place.

FLAMINIA.

Votre amant vous cherche ; croyez-moi,
finissez avec lui, sans vous inquiéter du
reste.

SCENE IX.

SILVIA, LE PRINCE.

LE PRINCE.

EH quoi, Silvia, vous ne me regar-
dez pas ? vous devenez triste toutes
les fois que je vous aborde, j'ai toujours
le chagrin de penser que je vous suis importun.

SILVIA.

Bon, importun ! je parlois de lui tout-
à-l'heure.

LE PRINCE.

Vous parliez de moi ? & qu'en disiez-
vous, belle Silvia ?

SILVIA.

Oh je disois bien des choses, je disois
M ij

que vous ne fçaviez pas encore ce que je penfois.

LE PRINCE.

Je fçai que vous êtes réfolue à me re-fufer votre cœur, & c'eft-là fçavoir ce que vous penfez.

SILVIA.

Hom, vous n'êtes pas fi fçavant que vous le croyez, ne vous vantez pas tant : mais dites-moi, vous êtes un honnête homme, & je fuis fûre que vous me direz la vérité, vous fçavez comme je fuis avec Arlequin ; à préfent prenez que j'aye envie de vous aimer, fi je contentois mon envie, ferois-je bien, ferois-je mal ? là, confeillez moi dans la bonne foi.

LE PRINCE.

Comme on n'eft pas le maître de fon cœur, fi vous aviez envie de m'aimer, vous feriez en droit de vous fatisfaire ; voilà mon fentiment.

SILVIA.

Me parlez-vous en ami ?

LE PRINCE.

Oui, Sylvia, en homme fincere.

SILVIA.

C'eft mon avis auffi ; j'ai décidé de même, & je crois que nous avons raifon tous deux ; ainfi je vous aimerai s'il me plaît fans qu'il ait le petit mot à dire.

LE PRINCE.

Je n'y gage rien ; car il ne vous plaît point.

SILVIA.

Ne vous mêlez point de deviner , car je n'ai point de foi à vous. Mais enfin ce Prince , puisqu'il faut que je le voye , quand viendra-t-il ? s'il veut je l'en quitte.

LE PRINCE.

Il ne viendra que trop-tôt pour moi ; lorsque vous le connoîtrez , vous ne voudrez peut-être plus de moi.

SILVIA.

Courage, vous voilà dans la crainte à cette heure ; je crois qu'il a juré de n'avoir jamais un moment de bon tems.

LE PRINCE.

Je vous avoue que j'ai peur.

SILVIA.

Quel homme ! il faut bien que je lui remette l'esprit ; ne tremblez plus ; je n'aimerai jamais le Prince, je vous en fais un serment par . . . . .

LE PRINCE.

Arrêtez, Silvia, n'achevez pas votre serment, je vous en conjure.

SILVIA.

Vous m'empêcherez de jurer, cela est joli ! j'en suis bien aise.

LE PRINCE.

Voulez-vous que je vous laisse jurer contre moi?

SILVIA.

Contre vous! est-ce que vous êtes le Prince?

LE PRINCE.

Oui, Silvia, je vous ai jusqu'ici caché mon rang, pour essayer de ne devoir votre tendresse qu'à la mienne : je ne voulois rien perdre du plaisir qu'elle pouvoit me faire ; à présent que vous me connoissez, vous êtes libre d'accepter ma main & mon cœur, ou de refuser l'un & l'autre ; parlez Silvia.

SILVIA.

Ah mon cher Prince, j'allois faire un beau serment, si vous avez cherché le plaisir d'être aimé de moi, vous avez bien trouvé ce que vous cherchiez, vous sçavez que je dis la vérité, voilà ce qui m'en plaît

LE PRINCE.

Notre union est donc assurée.

SCENE X. & derniere.

ARLEQUIN, FLAMINIA, SILVIA, LE PRINCE.

ARLEQUIN.

J'Ai tout entendu, Silvia.

SILVIA.

Eh bien, Arlequin, je n'aurai donc pas la peine de vous le dire, confolez-vous comme vous pourrez de vous-même, le Prince vous parlera, j'ai le cœur tout entrepris : voyez, accommodez-vous, il n'y a plus de raifon à moi, c'eft la vérité. Qu'eft-ce que vous me diriez ? que je vous quitte ; qu'eft-ce que je vous répondrois ? que je le fçai bien : prenez que vous l'avez dit, prenez que j'ai répondu, laiffez-moi après, & voilà qui fera fini.

LE PRINCE.

Flaminia, c'eft à vous que je remets Arlequin ; je l'eftime & je vais le combler de biens : toi, Arlequin, accepte de ma main Flaminia pour époufe, & fois pour jamais affuré de la bienveillance de ton Prince. Belle Silvia, fouffrez que des Fêtes, qui vous font préparées, annoncent ma joye à des sujets dont vous allez être la Souveraine.

ARLEQUIN.

A présent je me mocque du tour que nôtre amitié nous a joué ; patience , tantôt nous lui en jouerons d'un autre.

FIN.

****

APPROBATION.

J'Ai lû par l'ordre de Monseigneur le Garde des Sceaux, *la Double Inconstance, Comédie,* & j'ai cru que le Public en verroit l'impression avec le même plaisir qu'il en a vû les représentations. Fait à Paris ce premier May 1725.

DANCHET.

APPROBATION.

J'Ai lû par l'ordre de Monseigneur le Garde des Sceaux, *le nouveau Théâtre Italien,* j'ai examiné en particulier les différentes Pieces qui le composent, & je n'y ai rien trouvé qui puisse en empêcher l'impression. Fait à Paris ce 3. Novembre 1718.

DANCHET.

www.ingramcontent.com/pod-product-compliance
Lightning Source LLC
Chambersburg PA
CBHW070801280626

47162CB00016B/1588